PARIENTES POBRES DEL DIABLO

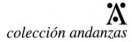
colección andanzas

Libros de Cristina Fernández Cubas en Tusquets Editores

ANDANZAS
El año de Gracia
Mi hermana Elba seguido de
Los altillos de Brumal
El ángulo del horror
Con Agatha en Estambul
El columpio
Parientes pobres del diablo

FÁBULA
El año de Gracia
El ángulo del horror

MARGINALES
Hermanas de sangre

CRISTINA FERNÁNDEZ CUBAS
PARIENTES POBRES DEL DIABLO

1.ª edición: marzo de 2006

Diseño de la colección: Guillemot-Navares
Reservados todos los derechos de esta edición para
Tusquets Editores, S.A. - Cesare Cantù, 8 - 08023 Barcelona
www.tusquetseditores.com
ISBN: 84-8310-333-8
Depósito legal: B. 6.696-2006
Fotocomposición: Foinsa - Passatge Gaiolà, 13-15 - 08013 Barcelona
Impreso sobre papel Goxua de Papelera del Leizarán, S.A. - Guipúzcoa
Impresión: Limpergraf, S.L. - Mogoda, 29-31 - 08210 Barberà del Vallès
Encuadernación: Reinbook
Impreso en España

Índice

La fiebre azul   9

Parientes pobres del diablo 69

El moscardón 127

Blue Fever
La fiebre azul

No recuerdo ahora quién me dio el dato. Si fue el propio holandés con el que tenía que cerrar un negocio, o si «Masajonia» era la palabra clave, la información obligada, la referencia de *connaisseur* que corría de boca en boca entre extranjeros. Lo cierto es que al llegar al porche, después de un penoso viaje desde el aeropuerto, me recibió un agradable aroma a torta de mijo y la reconfortante noticia de que en pocas horas podía ocupar un cuarto que acababa de quedar libre. Me sentí afortunado. No había ningún otro hotel en más de cincuenta kilómetros a la redonda.

Mi habitación era la número siete. Todas las habitaciones en el Masajonia tienen el mismo número: el siete. Pero ningún cliente se confunde. Las habitaciones, cinco o seis en total —no estoy seguro—, lucen su número en lo alto de la puerta. Ningún siete se parece a otro siete. Hay sietes de latón, de madera, de hierro forjado, de arcilla... Hay sietes de todos los tamaños y para todos los gustos. Historiados, sencillos, vistosos y relucientes o deteriorados e incompletos. El mío, el que me tocó en suerte, más que un siete parecía una ele algo torcida. Le faltaba el tornillo de la parte superior y había girado sobre sí mismo. Intenté arreglarlo –no sé por qué–, devolverlo a su originario carácter de número, pero él se empeñó en conservar su apariencia de letra. Informé a Recepción. Es un decir. Recepción consistía en una hamaca blanca y un negro orondo que atendía por Balik. Nunca supe qué idioma hablaba Balik, si hablaba alguno o si fingía hablar y no hacía otra cosa que juntar sonidos. Tampoco si su amplia sonrisa significaba que me había entendido o todo lo contrario. Le dibujé un siete sobre un papel y le di la vuelta. Él se puso a reír a carcajadas. Simulé que tenía un martillo, empecé a clavetear contra una pared y coloqué el papel en su superficie. «Ajajash», concedió el hombre. Y se tumbó en la hamaca.

La habitación no era mala. Tal vez debería decir excelente. Pocas veces en mis dos meses de estancia en África me había sentido tan cómodo en el cuarto de un hotel. Disponía de una cama inmensa, una mesa, dos sillas, un espejo, el obligado ventilador y una butaca de orejas, al estilo inglés, que, aunque desentonaba claramente con el resto, me producía una olvidada sensación de bienestar. La mosquitera –cosa rara– no presentaba el menor remiendo ni la más leve rasgadura. Era una segunda piel que me seguía a cualquier rincón del dormitorio. De la mesa a la cama y de la cama al sillón. Los insectos del manglar no podían con ella. Eso era importante. Como también el delicioso olor a especias e incienso que impregnaba sábanas y toallas, y las ramas de palmera que agitadas por el viento oscurecían o alumbraban el cuarto a través de la persiana.

El Hotel Masajonia es un edificio de adobe de una sola planta. Sencillo, limpio, sin lujos añadidos (si exceptuamos el sillón) y sin otra peculiaridad que la curiosa insistencia en numerar todas las habitaciones con un siete. Una rareza que al principio sorprende, pero pronto, como no lleva a confusión, se olvida. Tal vez los primeros propietarios (ingleses, sin lugar a dudas) lo quisieron así. Una pequeña sofisticación en el corazón de África. Luego se fueron, y ahí quedaron los números como un simple elemento de decoración o un capricho que nadie se molestó en retirar. El primer día le pregunté al hombre de la hamaca. «¿Por qué todas las habitaciones son la siete?» «Ajajash», respondió encogiéndose de hombros. «Ajajash», repetí. Y me di por satisfecho.

Así es la vida en el Masajonia. Tranquila, sin sobresaltos. Por lo menos en apariencia. Los que han ocupado cualquiera de los sietes entenderán enseguida de lo que hablo. Allí hay... *algo*. Ahora sé lo que es: se llama Heliobut. Los nativos lo conocen así, el Heliobut, y cuando lo mencionan, cosa que no ocurre con frecuencia, lo hacen invariablemente a media voz, como si temieran despertar poderes dormidos o enfrentarse a lo que no comprenden. A mí me atemoriza más la palabra *algo*. Heliobut, por lo menos, es un nombre. *Algo* puede ser cualquier cosa. Un peligro difuso, una abstracción, una amenaza inconcreta. Y no hay nada más difícil que protegerse de un enemigo anónimo.

Pero ¿es el Heliobut un enemigo? No sabría responder. La primera vez que oí hablar de él fue en el puesto de bebidas de Wana Wana, el primo de Balik, un chamizo destartalado a apenas un par de kilómetros del manglar. Del negocio de Wana Wana se dice que uno sabe cómo llega pero no recuerda jamás cómo regresa. Se refieren al *bozzo*. Una bebida de mango fermentado que produce euforia primero, abotargamiento después, pero sobre todo —y ahí parece radicar la razón de su éxito— dulces, enrevesados y maravillosos sueños. Se cuenta también que, si se abusa, puede provocar la muerte. En el pueblo casi todas las familias deben más de una pérdida a la acción del *bozzo*. Pero siguen fermentando mango en grandes cuencos que venden después a Wana Wana y éste —sólo él y el Masajonia disponen de nevera— mezcla las tinas, dobla el precio y lo sirve cada tarde en su establecimiento.

Yo no lo he probado. Su olor me resulta nauseabundo. Tampoco, que recuerde, nadie me lo ha ofrecido. «No para blancos», suele decir el tabernero riendo. Otras veces cambia «blanco» por «europeo» y se lleva la mano al estómago. «Luego encontrarse mal, vomitar y ensuciar el Masajonia.» Casi todos los europeos que se dejan caer por el Wana Club están alojados en el Masajonia. Gente de paso, viajeros ávidos de aventuras, pintores enamorados de la luz de África, voluntarios de organizaciones humanitarias, hombres de negocios no demasiado claros y unos pocos como yo, coleccionistas de arte o, para hablar con propiedad, revendedores, falsificadores o comerciantes. En cierta forma el Wana Wana es el bar del Masajonia. Una prolongación natural. Un anexo. Aunque se encuentre a dos kilómetros de distancia y no siempre se recuerde el camino de vuelta.

Para los europeos —*tawtaws* nos llaman— Wana Wana tiene reservado un arsenal de whisky y cocacola. Los voluntarios suelen beber cocacola. Los demás whisky. A veces, en noches especialmente calurosas, intercambiamos nuestras bebidas o las combinamos burdamente ante los ojos sin expresión de los bebedores de *bozzo*. Suele ocurrir a altas horas y los *bozzeros* —así los llamamos nosotros— se encuentran en plena fase de abotargamiento. De lo que ocurre después —el momento de los sueños dulces, enrevesados y maravillosos— no puedo decir gran cosa. Si se les ve transportados y felices, si caen en redondo, o si su rostro no deja traslucir la menor de sus emociones. Me lo han contado, pero no lo he visto. Y los que me lo han contado tampoco lo han visto. El whisky de Wana Wana —de importación dice él, supongo que para justificar su precio— surte efectos demoledores. Nunca he sabido si es el clima o si el primo de nuestro orondo Balik se las ingenia, en la trastienda, para alargar las reservas y no precisamente con agua.

Pero estaba hablando del Heliobut. O del *algo*. Llevaba tres noches en el Masajonia, había dormido a pierna suelta y me encontraba descansado y optimista. No me molestaba que el contacto esperado —un holandés tripón arraigado en la zona desde hacía más de veinte años– no se hubiera personado aún; es más, se lo agradecía. Me sentía bien allí, en la habitación del sillón de orejas, y no tenía el menor inconveniente en prolongar mi estancia. Un respiro en el trabajo nunca viene mal. Después, cuando apareciera el intermediario, volvería a pensar en términos de negocio. Esta vez el encargo era de cierta envergadura. Una partida de doscientas estatuillas de distintos materiales y tamaños que artesanos nativos, a las órdenes del holandés, debían de estar afanándose por acabar dentro del plazo previsto. Era lo último que me quedaba por hacer en África y seguramente lo que me reportaría mayores beneficios. Las estatuillas, de regreso a casa, serían enterradas bajo tierra y sometidas a un proceso de envejecimiento que aumentaría su valor. Y su precio. En el fondo no me diferenciaba demasiado de Wana Wana. Yo también sabía lo que quería la gente y me ponía a su servicio. Eran ya muchos años de recorrer mundo.

Pues bien, aquella mañana me había despertado descansado y de buen humor. La noticia de que no había noticias –me refiero a que el holandés no se había presentado– redobló mi optimismo. Desayuné mijo con huevos y, cuando me disponía a abandonar el hotel y dar un breve paseo por el lago antes de que arreciara el calor, sorprendí una conversación intrascendente entre dos mujeres. O por lo menos eso me pareció entonces: una conversación intrascendente.

Una voluntaria española, de apenas dieciocho o diecinueve años, le contaba en francés a una belga lo bien que había dormido aquella noche. La chica era dulce, inocente, encantadora. Había llegado el día anterior y ahora, tal como esperaba, venían a buscarla desde no recuerdo qué remota misión o qué lejana organización humanitaria. La belga era seca y ceñuda. Iba vestida «de África», como la voluntaria encantadora, como casi todos los clientes del hotel o como yo mismo, con pantalón corto y una especie de sahariana, pero había algo en ella que recordaba a una institutriz de pesadilla y su atuendo, más que habitual en aquellas latitudes, a un rígido uniforme. Hay gente así. En todos los lugares. Hombres y mujeres que aunque vistan de calle despiden un tufillo de cuartel, de mando, de sentido del deber, de alta misión y de ganas incontenibles de fastidiar al prójimo. Compadecí a la chica.

—¡Qué bien he dormido! —repetía—. Tan bien que incluso he soñado que dormía.

—*Tant mieux* —dijo la uniformada con voz de pito—. El viaje que nos espera es largo. ¿Dónde está su equipaje?

La chica alzó una maleta. Sin ningún esfuerzo. Como si fuera de aire. Una maleta de juguete, pensé. Subió a un jeep, me sonrió y agitó el brazo a modo de despedida. Eso fue todo. Rodeé el hotel, pensé en la voluntaria —en otros tiempos no la hubiese dejado escapar sin enterarme de adónde iba— y me encaminé silbando al manglar. Estaba de buen humor, ya lo he dicho. Pero las palabras de la chica, su voz ilusionada e ingenua, no tardaron en ocupar mis pensamientos. «Incluso he soñado que dormía...» Me detuve a la sombra de una ceiba e intenté recordar en qué había soñado yo aquella noche. No logré rescatar una sola imagen. En nada, me dije, he dormido profundamente, a pierna suelta. Pero realmente, ¿había dormido? ¿O me había *visto* dormir a pierna suelta? Entonces tuve una extraña sensación, un atisbo de recuerdo. Me vi a mí mismo sentado en el sillón mirando cómo dormía. La imagen no tenía nada de inquietante, todo lo contrario. Me pareció curiosa. Conmovedora, incluso. La chica y yo, cada uno en su siete, habíamos soñado lo mismo.

Por la tarde fui al Wana Club —Wana Wana, para los habituales—. Acababan de abrir y había poca gente. El tabernero, su ayudante, un par de nativos, el consabido pintor enamorado de la luz de África y un misionero de largas barbas y hábito impoluto. Me sorprendió que bebiera *bozzo*. O mejor, que el tabernero, sin consultarle, le sirviera un vaso de aquel líquido lechoso reservado en principio a los nativos. El pintor enamorado de la luz de África hizo las presentaciones. «El padre Berini», dijo. «Si usted quiere saber algo de África pregúntele al padre Berini.» El nombre me sonaba. A unos treinta kilómetros del lugar se levantaba una misión italiana. La vi el primer día, camino del Masajonia. El chófer que me conducía a la zona aminoró la marcha. «Aquí padre Berini. Bueno, muy bueno. Santo.» Llevaba varias horas de viaje, tenía prisa por solucionar mi alojamiento, no me apetecía hablar y estaba cansado. «Otro día», dije al conductor. Él pareció sorprendido. ¿Un blanco que no quería conocer al padre Berini? Supuse ya entonces que el misionero era todo un personaje. Ahora lo comprobaba. Me estrechó la mano con llaneza y pidió algo a Wana Wana. «Habla quince idiomas», susurró el pintor. «Y por lo menos diez dialectos.» Afuera, a pocos metros del porche, distinguí un todoterreno con tres monjas en el interior. «Son de la misión de Berini», siguió el pintor. Una de las religiosas dormitaba sobre el volante y las otras dos bebían cocacola directamente del envase. «Estarían más cómodas aquí, pero, claro, éste no es un lugar para damas.» El pintor se puso a reír. Parecía tímido, tenía mirada de adolescente, y al hablar se cubría la boca con la mano. Yo no podía apartar los ojos del misionero. En apenas un minuto hizo por lo menos tres cosas. Se interesó por el dedo de un nativo. Le untó una pomada y lo vendó. Estudió con una lupa la mejilla enrojecida del pintor. Dijo que se trataba de una simple picadura y le recomendó barro con orines. Dispuso sobre el mostrador varias cajas de medicamentos, los numeró y explicó al tabernero, en su lengua, cómo debía ingerirlas y cuáles eran las dosis. Eso es lo que creí entender. Después apuró de un trago el vaso de *bozzo* y pidió otro.

Se encontraba de lleno en la fase euforia. Y me era simpático. Quizás por eso presté atención a la conversación que ahora mantenía con los nativos acodados en la barra. Si cerraba los ojos no distinguía cuándo hablaba él o cuándo lo hacían los otros. De toda aquella lluvia de frases guturales —la conversación parecía fluida y animada— tan sólo logré aislar tres palabras. «Tawtaws», «Masajonia» y «Heliobut». Las dos primeras porque las conocía. El pintor y yo éramos dos *tawtaws* que nos alojábamos en el Masajonia. La tercera, Heliobut, porque cualquiera de ellos al pronunciarla bajaba ostensiblemente el tono de voz. No sé de otra forma más efectiva para conseguir lo contrario de lo que se pretende y llamar la atención sobre algo que se quiere ocultar. Bajar el tono y susurrar. Aunque no les estuviera escuchando, me habría dado cuenta.

—Padre Berini —dije—. ¿Qué quiere decir «Ajajash»?

Lo pregunté como si estuviera realmente interesado. Ajajash. La palabra comodín del bueno de Balik. Pero no debí de pronunciarla correctamente.

—Primera vez que la oigo —contestó el misionero.

—¿Y «Heliobut»?

Aquí el religioso frunció el ceño. Los nativos me miraron con espanto.

—Vamos a una mesa —dijo él.

Pidió más *bozzo*. Me pregunté si debía seguir llamándole padre o, mejor, Berini a secas. Nos sentamos en el rincón más oscuro del local.

—¿Qué sabe usted del Heliobut? —preguntó.

—Nada. He oído que hablaban de nosotros, del hotel y de eso..., el Heliobut.

—¿Y ha retenido la palabra...? Interesante.

Me encogí de hombros. Él miró con disimulo hacia la barra.

—¿Duerme usted bien en el Masajonia?

Asentí sorprendido. ¿A qué venía su repentino interés por mi descanso?

—Me refiero a si se encuentra a gusto. Si la habitación le parece cómoda y si repone fuerzas por las noches.

Volví a asentir. Berini, a su manera, me estaba dando la bienvenida.

—Sí, padre —dije—. Es un lugar tranquilo. No tengo queja. Y duermo como nunca. A pierna suelta.

—Bonito hotel —concedió—. ¿Piensa quedarse mucho tiempo?

—Sólo unos días. Estoy pendiente de cerrar un negocio con un holandés.

—¿Van Logan?

—Sí, Van Logan.

Berini conocía a todo el mundo. Podía aprovechar para recabar datos del contacto, averiguar si era fiable como me habían asegurado o si solía dejar colgados a sus clientes. Pero antes —ahora sentía auténtica curiosidad— necesitaba saber qué diablos quería decir «Heliobut».

—No parece una palabra africana —aventuré.

—No lo es.

Tuve la sensación de que el religioso se sentía defraudado. O arrepentido de haberme prestado tanta atención. Temí que volviera a sus curas de urgencia y me dejara solo.

—No me tome por indiscreto —añadí—. Pero cuando hablaban de eso, sea lo que sea, bajaban la voz. Y antes habían dicho «tawtaws» y «Masajonia». Creo que se referían a nosotros —señalé hacia la barra—, al pintor y a mí. ¿Me equivoco?

—Quién sabe —dijo. Y me taladró con sus ojos azules.

Permanecimos un buen rato en silencio. Encendí un cigarrillo para disimular mi incomodidad. A la sexta o séptima calada Berini se decidió a hablar.

—Heliobut no significa nada en absoluto. Por lo menos nada que podamos entender. Sólo sabemos que se aloja en el Masajonia —pronunció «se aloja» con cierta vacilación, como si no fuera la expresión adecuada, pero se viera incapaz de encontrar otra—. Y que, a veces, ataca a los tawtaws. No me mire así. No se trata de un hombre. Ni tampoco de un animal ni de un monstruo.

—¿Entonces?

—El Heliobut —dijo en voz muy baja— es un estado de ánimo. Una depresión. Una enfermedad. ¿Me entiende?

Afirmé con la cabeza. No quería interrumpirle.

—Tal vez no sea más que una leyenda.

—¿Y por que ataca únicamente a los blancos?

Ahora fue él quien se encogió de hombros.

—Quizás porque los negros no le dan facilidades. En el Masajonia sólo duermen tawtaws.

—¿Y Balik? Balik se pasa el día tumbado en la hamaca. Y ronca como una fiera.

—Pero Balik, que es un honrado padre de familia y un buen marido de sus tres mujeres, regresa a su casa cada noche. Le hice un gesto a Wana Wana. Necesitaba un trago.

—Y esa enfermedad ¿es contagiosa?

—*Chi lo sa!*

Empecé a pensar que se trataba de una broma. De un chiste. La novatada con la que Berini demostraba su superioridad ante los extranjeros y su absoluta identificación con los nativos. ¡Cómo debían de reírse él y sus compinches! Europeos igual a idiotas. Ése era el juego. Dejó de caerme en gracia.

—No me convence, Berini —dije arrogante.

—Ni lo intento. Usted me pregunta y yo respondo.

—Pues bien, seguiré preguntándole. Si esa caprichosa dolencia sólo ataca a los blancos, ¿por qué sus amigos de la barra estaban tan asustados?

—Hace una semana se estrelló un camión. Lo conducía un inglés, un tipo que se hospedaba en el Masajonia. Había enloquecido y sólo quería huir. Del hotel, del poblado, de sí mismo. Lo consiguió. Pero antes de estrellarse arrolló a cuantos se cruzaron en su camino. Uno de los fallecidos era el tío de los muchachos.

No dije nada. La inocentada estaba subiendo de tono.

—Es sólo un ejemplo. El más reciente. La locura de los blancos termina invariablemente volviéndose contra los negros —miró hacia la barra—. Enseguida se propagó la noticia. Había sido el Heliobut. Y cundió el pánico.

Wana Wana apareció en aquel momento con su whisky de trastienda en la mano. Berini se detuvo y encendió un habano. No parecía un misionero. Era lo más distante a la idea que hasta aquel día me había formado de un misionero. Quizás por eso era venerado.

—Y no me pregunte por qué no se destruye de una vez el Masajonia. No serviría de nada. El mal buscaría otro hábitat. O aún peor, se expandiría peligrosamente. En realidad ustedes lo llevan encima.

—¿Nosotros?

—Los blancos —dijo con desprecio.

Me puse a reír.

—Pero usted, padre...

Volvió a atravesarme con sus ojos transparentes.

—¡Yo soy negro!

Llevaba una cogorza de campeonato. Eso era lo que ocurría. Y yo, entre las bocanadas de humo y el aliento a *bozzo*, estaba empezando a marearme. Miré hacia la barra. El pintor, con un gesto discreto, me indicó que se retiraba. Me puse en pie.

—Adiós, padre Berini —dije—. Ha sido un placer.

Él me sujetó del brazo con firmeza.

—Espere. No se vaya aún.

Esperé. No se conoce cada día a un ejemplar como Berini. Pero tardó un buen rato en hablar. Parecía como si tuviera dificultad en encontrar las palabras. O se hubiera hecho un lío con todo su arsenal de idiomas y dialectos.

24

—No siempre el mal ataca con tanta virulencia —dijo al fin—. Eso depende del enfermo.

Me miró. Tuve la sensación de que no me veía.

—Si el mal le ataca, cosa que puede no suceder, cosa que no se sabe si es deseable que suceda, o perniciosa, o benefactora, o tamitakú o lamibandaguá o, por el contrario, badi tukak... —estaba haciendo un supremo esfuerzo para continuar—, manténgase firme y no pierda la cabeza. Tómeselo como una gripe. Mejor pasarla en cama. De lo contrario nunca conseguirá vencerla. Debe apurarla, llegar hasta el final. Quiero decir que...

No logré averiguar lo que me quería decir. Estaba cruzando una frontera invisible y entrando en la fase abotargamiento. Ahora sí me despedí. Después de la modorra sobrevendría la fase sueños. Y no sentía la menor curiosidad por averiguar si se mantendría erguido, si caería en redondo o cuál sería en breves momentos la expresión de su rostro.

Abandoné el local. Era ya de noche. Una de las monjas, de pie junto al todoterreno, se daba aire con una hoja de palma.

—El padre Berini... —empecé. Pero me detuve. ¿Qué iba a hacer? ¿Avisarle de que estaba como una cuba?

—No se preocupe —dijo la monja—. Es su forma de hacer apostolado.

Era guapa. Italiana, sin duda. Tenía los ojos negros, almendrados, con un destello azul oscuro en las pupilas.

—La hermana Simonetta —y señaló a la religiosa dormida sobre el volante— es una experta en conducir de noche. Ahora descansa. Y la hermana Cigliola también.

Me fijé en su hábito. No parecía un hábito. Al igual que la belga humanitaria —pero en un sentido diametralmente opuesto— su fuerte personalidad podía con cualquier ropaje. Si no fuera porque sabía que era monja (y que lo que vestía era un hábito de monja) la hubiera tomado por una deliciosa vestal envuelta en una túnica. Una vestal, una aparición, una hurí... Mi mirada debió de delatar mis pensamientos porque la misionera dejó de abanicarse con la hoja de palma y señaló la carretera.

—Si se da prisa aún puede alcanzar a su amigo. De un momento a otro se hará oscuro.

Me sentí estúpido. Un *tawtaw* ignorante al que le iba a sorprender la noche en el camino de regreso al hotel.

—Tiene razón —dije.

Y apreté el paso.

No sentía miedo. Pero sí cierta urgencia por llegar hasta el pintor y averiguar cuál era su papel en toda esa tontería del Heliobut. A fin de cuentas, era él quien me había presentado a Berini con grandes frases de admiración. Tal vez, también el francés, en su día, fuera víctima de la misma inocentada. Una burla de la que no se libraba ningún recién llegado. Le alcancé jadeando.

—Heliobut —dije simplemente.

Él, sorprendido, se detuvo.

—Oh, no —dijo con toda la amabilidad del mundo—. Mi nombre es Jean Jacques Auguste de la Motte.

No estaba en el ajo. Eso parecía evidente. Hice entonces algo que no tenía previsto. Recordé la insistencia del misionero en saber cómo dormía yo en el Masajonia y le reboté la pregunta.

—¿Qué tal duerme usted en el hotel? ¿Se encuentra cómodo?

—Sí, muy cómodo. Y duermo como un tronco. Con pastillas.

Reanudamos el paso.

—Verá —continuó—, yo siempre he sido insomne. Desde mi más tierna infancia en el *château* que los De la Motte poseen en La Loire. No había manera de hacerme dormir, y mi salud se resentía considerablemente, hasta que un médico de Blois, el eminente docteur Guy de La Touraine...

Me contó su vida. Paso a paso. No voy a consignarla aquí porque no viene a cuento, pero, sobre todo, porque a los pocos minutos me sentí invadido por un poderoso sopor que no provenía sólo del poderoso whisky del Wana Wana. De la Motte desconocía la elipsis, no parecía dispuesto a ahorrarme el menor detalle, y su voz resultaba monótona y plana como una salmodia. Aún quedaba un buen trecho hasta el hotel. Al principio, por pura cortesía me esforcé en escucharle.

—A los siete años pintaba caballos y jardines con, a decir de mis padres, rara habilidad. Pero entonces sobrevino el accidente. Caí por las escaleras como Toulouse-Lautrec y, al igual que él, me vi obligado a guardar cama durante varios años. A mi larga convalecencia debo esta leve cojera que he aprendido a disimular y con la que me he acostumbrado a convivir, pero también la especial sensibilidad que sólo pueden conocer los que se han visto obligados a permanecer inmóviles por largas temporadas en las reducidas dimensiones de un lecho. El mío disponía de un baldaquino de inconmensurable antigüedad, y las paredes de la estancia estaban tapizadas de damascos cuyas aguas, en noches de pertinaz insomnio, me recordaban los mares y océanos que ya nunca podría conocer. Las arañas que pendían del techo...

La minuciosa descripción de la alcoba de De la Motte me hizo desear con fuerza mi modesta habitación del Masajonia. Aún quedaba un buen trecho. Decidí intervenir.

—Y entonces dejó de pintar —dije.

El sonido de mi voz, tan distinta a la de Jean Jacques Auguste, me despejó un tanto. Tenía que seguir hablando. Busqué otra frase. No se me ocurrió ninguna.

—Al contrario —prosiguió el francés—. Fue el fin de una etapa y el comienzo de otra. Ante la imposibilidad de salir al jardín o visitar las cuadras, me olvidé de caballos y vergeles y me especialicé en retratos. Preceptores y niñeras se prestaron con gusto a posar para mis lienzos. Al principio les costó lo suyo adquirir esa inmovilidad pétrea y al tiempo humana tan apreciable en los buenos modelos. No sabían estarse quietos y, si lo lograban, los músculos, poco entrenados para este difícil menester, no tardaban en agarrotarse, protestar, dormirse o adquirir, según los casos, el subido tono amoratado de la congestión o la lividez característica de una estatua de cera. La Touraine tuvo, en más de una ocasión, que acudir urgentemente al *château* con su maletín de auxilios. La Touraine...

—El gran La Touraine —atajé—. La eminencia de Blois que le recetó sus primeras pastillas contra el insomnio...

Pero mi voz esta vez sonó tan apagada como la del pintor. Me sentí como si La Touraine, con sólo mencionarlo, se hubiera apresurado a administrarme un somnífero.

—Una de mis niñeras favoritas, Amélie Dubois, y una prima suya que había servido en Loches...

Aquí desconecté. La silueta del Masajonia se erguía esperanzadora al final del camino. Para mantenerme ocupado empecé a contar los pasos. Uno, dos, tres, cuatro... Cuando llevaba doscientos veinticinco oí:

—Y entonces me enamoré.

¡Fantástico! Dejábamos de una vez el pasado en La Loire y entrábamos en el presente.

—De África, claro —dije convencido.

—No. De Odile de la Motte, mi hermana. Un amor prohibido, como el de Chateaubriand. Odile tenía quince años, yo diecisiete...

Me había descontado y tuve que volver al principio. Uno..., tres..., cincuenta..., ciento trece... Al llegar al porche era noche cerrada. Balik nos entregó las llaves. El pintor me miró sonriendo.

—Ha sido un paseo muy agradable. Me siento relajado. A lo mejor hoy, por primera vez en mucho tiempo, no necesito la pastilla...

—¡Tómesela! —ordené. Y enseguida, alarmado por la brusquedad de mi voz, le palmeé la espalda—. No es bueno contravenir los hábitos.

A lo largo de mi vida he conocido a bastantes tipos como De la Motte. Viajeros solitarios, encerrados en su mundo, retraídos, corteses, poco proclives a hablar, pero, cuando empiezan, no hay forma humana de conseguir que se detengan. No podía exponerme. Ahora, autoarrullado por su soporífera voz, creía que podía prescindir de fármacos. Pero ¿y si despertaba a media noche con ganas de continuar con su historia? Conozco los trucos. Me los sé de memoria. Un día puede ser un vaso de agua, otro una loción contra los mosquitos. Un cigarrillo, una aspirina, la urgente necesidad de consultar un mapa... A veces van mucho más allá y se fingen alarmados. Acaban de enterarse por la radio —eso dicen— de la inminencia de una revolución, de graves disturbios, de insistentes rumores de golpe de Estado. Cualquier excusa es buena para irrumpir en tu cuarto y retomar su parloteo. La soledad del extranjero; debe de tratarse de eso. Pero yo no era la hermana Gigliola ni la hermana Simonetta ni tampoco la hermana Hurí, cuyo verdadero nombre desconocía. Yo era un negociante. O, si se quiere, un falsificador. Y no estaba para conferencias. Le dejé en su siete y me encerré en el mío. El cuarto me pareció una bendición. La cama amplia, la eficaz mosquitera, la mesa, las sillas, el butacón de orejas, el silencio... Pero el sueño es caprichoso. Te invade cuando no lo deseas y desaparece cuando más lo necesitas. No logré pegar ojo en toda la noche. Y por un momento –pero eso fue muy al principio– pensé en golpear la puerta de Jean Jacques Auguste de la Motte y pedirle un somnífero. No llegué a hacerlo. El miedo a su incontinencia verbal era superior a mi nerviosismo. Me envolví en la mosquitera y me senté en el sillón.

Encendí un cigarrillo y a punto estuve de quemar la tarlatana. Lo apagué. Abrí un libro. No conseguí concentrarme y lo cerré enseguida. La culpa era del pintor. De sus preceptores, de las niñeras, de los caballos que pintó en su infancia, del doctor La Touraine, siempre presto a acudir al castillo, de la pasión incestuosa por Odile, o de la tal Amélie Dubois, que ahora no recordaba bien qué pintaba en la historia. Estaban todos allí. En mis oídos. Pero sobre todo el sonsonete monótono de De la Motte. Un zumbido del que no podía liberarme. Parecía como si hubiera conectado la radio y la emisora se hubiera quedado atascada entre dos frecuencias. Me consolé pensando que al día siguiente no tenía nada que hacer. Eso es bueno para el insomnio. Se le planta cara, se finge indiferencia, se le enfrenta a su inutilidad y él, abatido, termina por retirarse. Sí, seguramente, en cuanto amaneciera caería rendido en la cama. No tenía prisa ni ninguna obligación urgente. Dormiría. Cuanto quisiera. A no ser que —el insomnio volvía a afilar sus armas— a Van Logan se le ocurriera aparecer precisamente entonces. En el momento justo de conciliar el sueño. Esa posibilidad me alteró profundamente. Van Logan significaba negocio y yo tenía que recibirle despejado, firme, en plena forma. No se debe cerrar un trato bajo de defensas. Y no se puede dormir si uno sabe que al día siguiente cerrará un trato y no se encontrará en plena forma.

El eco de De la Motte seguía instalado en mis oídos. Pensé en Berini. Puestos a no pegar ojo era preferible recordar al misionero. Pero las estrafalarias advertencias del religioso se superpusieron a la cadencia monótona del francés sin que ésta desapareciera del todo. Y lo mismo ocurrió con la voz de pito de la belga, las palabras de la hermana Hurí o el ilusionado e inocente tono de la voluntaria. Van Logan no decía nada. Pero también estaba allí, como una amenaza silenciosa que me hacía consultar el reloj y desesperarme. «¿Duerme usted bien en el Masajonia?», recordé de pronto. Me puse el batín y salí al vestíbulo.

No había nadie. En eso el padre Berini no me había engañado. Balik, por las noches, regresaba a su casa y el hotel quedaba a merced de los huéspedes. Como no tenía nada mejor que hacer me dediqué a observar las fotografías de la pared. Eran antiguas y estaban cuarteadas. Todas se referían al Masajonia y todas eran en blanco y negro, aunque el tiempo las había dotado de una pátina azul verdosa. En un par, por lo menos, se veía a una familia de blancos sentada en el porche. Di por sentado que se trataba de los fundadores. Me acerqué. Había olvidado las gafas en el cuarto. Me alejé. Con cierta dificultad leí los nombres. Tal como había intuido eran ingleses. Un matrimonio y dos hijas. Parecían amables y felices. Me gustaron.

Regresé a la habitación. El zumbido había dejado de atormentarme y estaba dispuesto a pensar únicamente en cosas agradables. La voluntaria, por ejemplo. Ni siquiera sabía su nombre. Tampoco el lugar adonde se dirigía. Pero la veía aún con toda nitidez, como si la tuviera delante. Era espigada. Graciosa. Casi tan liviana como la maleta que en un momento alzó como si fuera de aire. Una maleta de juguete, pensé entonces. Una cartera de colegiala, corregí ahora. Volví al rostro de la chica. «¡Qué bien he dormido!», decía. Yo también, aquella mañana, me sentía de humor y descansado. Y me recordé en el Wana Club, horas más tarde, contestando a la pregunta del

misionero: «¿Duerme usted bien en el Masajonia?».
«Como nunca, padre. A pierna suelta.»

¿Era una costumbre local contar lo bien que se había dormido? ¿Una cortesía africana preguntar a los otros qué tal habían pasado la noche? Si lo era, yo me había adherido sin darme cuenta —y de ahí mi perdición— al interesarme por el descanso nocturno de De la Motte. En otros países el pretexto para entablar una conversación suele ser el tiempo. Aquí, por lo visto, lo bien que se ha dormido. Pero no era esto lo que me había llevado a apretar el paso y llegar corriendo hasta el pintor. Hice un esfuerzo por poner en orden mis recuerdos. La noche iba a caer de un momento a otro y prefería hacer el camino en compañía, cierto. Pero también deshacer o confirmar una sospecha. El Heliobut. Averiguar si el francés estaba en la broma. O si todo era una guasa del padre y los *bozzeros*. Jean Jacques Auguste ni siquiera parpadeó cuando yo pronuncié «Heliobut». Lo tomó por una confusión y parecía sincero. Aunque también se mostraría luego convencido al intentar colarme como cierta la almibarada, increíble y fantasiosa historia de su vida. Si era capaz de confundir ensoñaciones con recuerdos —de mentir, en resumidas cuentas—, ¿por qué había de creerle a pies juntillas cuando hizo como si la palabra en cuestión le resultara totalmente ajena?

Pero por el mismo silogismo volví al misionero. Berini dijo la verdad en cuanto a las noches de Balik (lo acababa de comprobar; no dormía en el hotel), y cuando, de pasada, le mencioné al holandés no dudó en reconocerlo como Van Logan (y así se llamaba, en efecto). Pruebas insignificantes, si se quiere, pero no disponía de otras. Y ahora, por el mismo razonamiento que condenaba al pintor, me veía obligado a revisar mi opinión sobre el misionero. Si en lo comprobable no había fallado, ¿por qué negarle el crédito en lo que desconocía?

«Un estado de ánimo. Una depresión. Una enfermedad...» ¿No se estaría refiriendo lisa y llanamente a la incapacidad de conciliar el sueño? El insomnio persistente —y crucé los dedos— podía desestabilizar el sistema nervioso, embotar los sentidos y conducir a un estado de alteración muy semejante a la locura. Tal vez la cercanía del manglar no era en absoluto saludable. Y el inglés, el desgraciado que hacía una semana se había estrellado con su camión, tras arrollar plantaciones y poblados, y llevarse por delante a cuantos se cruzaron en su camino —el tío de los *bozzeros*, entre otros—, no era más que un hombre agotado, con los nervios a flor de piel, destrozado por un sinfín de noches en blanco, preso de una excitación insoportable cuyo único diagnóstico, si se hubiera medicado a tiempo, era tan simple como «insomnio persistente» y el remedio una vulgar cura de sueño. Pero la palabra, Heliobut, venía de lejos. Se diría que el Heliobut, fuera lo que fuera, había permanecido inactivo durante un tiempo y, súbitamente, volvía a la carga. «No siempre ataca con tanta virulencia. Depende del enfermo», recordé. Y también: «Tal vez no sea más que una leyenda...».

Eso tenía que ser. Una leyenda. Mi nerviosismo no provenía de ese mal de nombre incomprensible sino de la incontinencia verbal de J.J.A. de la Motte, unida —no había que descartar ningún factor— al whisky de Wana Wana y a las posibles miasmas del estero. Bostecé (buena señal), pero, en aquel mismo instante, oí una respiración, un jadeo... Y comprendí que no estaba solo.

La lámpara de pie, la única que permanecía encendida, apenas iluminaba un pequeño círculo de la habitación. La mesa, la silla y parte de la butaca en la que me había arrellanado. No alcanzaba a ver nada más. El intruso, en cambio, desde la oscuridad, podía contemplarme a su antojo. Me encontraba en clara desventaja. A plena luz frente a un enemigo invisible. ¿Cómo y cuándo había entrado en mi cuarto? La puerta estaba cerrada, la ventana daba al manglar y resultaba inaccesible desde fuera, y yo, en mi desesperación de insomne, antes de sentarme en la butaca de orejas, había recorrido el dormitorio de punta a punta. Recordé que durante unos minutos me había ausentado de la habitación. Pero ni siquiera entonces pudo el visitante aprovechar un descuido. Porque no lo hubo. Cerré con llave al salir y abrí con llave al entrar. De eso estaba seguro.

La eventualidad de que el entrometido, además de invisible, fuera incorpóreo no logró asustarme más de lo que estaba. Me había quedado rígido. Como un cadáver. No sentía los pies ni las piernas ni los brazos ni las manos. Tampoco el corazón. Mi cuerpo era de piedra. Sólo el cerebro seguía en activo. Y, aunque me revelara incapaz de entender nada, no dejaba de sopesar a una velocidad febril las escasas posibilidades de salvación, defensa o huida. Las descarté todas. Por inútiles, por absurdas o por la simple razón de que el cuerpo no me obedecía. Los gritos, las llamadas de auxilio, la opción de alcanzar las tijeras del escritorio o la de derrumbar la lámpara de una patada... Sólo una quedó en pie. Ganar tiempo. Yo sabía que allí había alguien. Pero el intruso no tenía por qué saber que yo sabía.

La lámpara iluminaba una parte del sillón. Sólo una parte. El respaldo caía fuera del círculo de luz, y mi cabeza quedaba en la zona de penumbra. Aunque la cara delatara mis temores, el enemigo no podía percatarse. Seguía oyendo su respiración. Ni más lejos ni más cerca. Suponía que seguía observándome. Y que no tenía prisa. Tal vez sólo pretendía eso: observarme. Si no era así, estaba perdido. Yo mismo me había envuelto en un sudario –¡la mosquitera!–, me había inmovilizado voluntariamente en una red, me había tendido mi propia trampa. Debía salir cuanto antes de aquella prisión de tarlatana. Y de nada –suponiendo que la presencia únicamente quisiera observarme– serviría hacerme el dormido. La sangre volvía a discurrir por mi cuerpo. Ahora notaba pies, manos, brazos y piernas. Y notaba, también, que estaban temblando.

Disimular. Ésa era la consigna inmediata. Hacer como si en mi habitación no ocurriese nada extraordinario y mis oídos no hubieran advertido el pertinaz resuello que no provenía del ventilador ni de las ramas de palmera que azotaban ahora la ventana. Fingir ignorancia y ganar tiempo. Bostecé otra vez. O, mejor, simulé un bostezo. Me desperecé y emití un gruñido. No sé aún –no lo supe entonces– si intentaba remedar a un hombre que acababa de despertarse o, al revés, a un viajero agotado que se disponía a trasladarse a la cama y reponerse del agotamiento del día. Pero los brazos, al extenderse aparatosamente, habían logrado uno de mis objetivos. Desembarazarme de la mosquitera. Me puse en pie. Y entonces empezó lo difícil.

Podía correr a la puerta. Pero no era seguro que diera con ella a la primera, y la llave, probablemente, no estaría en la cerradura sino en la mesita de noche, donde la dejaba siempre. Las únicas luces de la habitación, además de la lámpara de pie que ahora debía de iluminarme por completo, estaban a ambos lados de la cama. Entorné los ojos, como si tuviera muchísimo sueño, no fuera que el extraño se encontrara con mi mirada y los acontecimientos se precipitaran. Llegué hasta la mesilla, encendí la tulipa y con los ojos semicerrados cogí la llave. Pero la dejé caer inmediatamente.

La presencia estaba allí. En mi cama. Resoplaba ostentosamente como si se hallara en lo mejor de sus sueños. Ni siquiera se inmutó con el ruido de la llave estrellándose contra el suelo. Si se trataba de un peligro, estaba fuera de combate. Pero ¿cómo había logrado llegar hasta la cama? Opté por la explicación más tranquilizadora. Un huésped despistado que se había equivocado de habitación. De siete. Tal vez las cerraduras, viejas, desgastadas y olvidadas de su función original, cedían obedientes al menor estímulo. A cualquier llave. ¡Vaya seguridad la del Masajonia! Pero el durmiente, el supuesto viajero desorientado, no había descuidado un detalle: la mosquitera. ¿Se había traído la mosquitera de su cuarto? Miré hacia el sillón. Estaba vacío. Volví a mirar la cama. ¡Aquélla era mi mosquitera! ¿Cómo podía habérmela arrebatado en tan poco tiempo y sin que me diera cuenta? El hombre seguía resoplando. Era un hombre pequeño, insignificante. Los insectos que se arrastraban por la gasa me parecieron, en contraste, enormes. En un momento el durmiente se dio la vuelta y yo me apoyé en la mesita de noche para no caer. Aquel hombrecillo insignificante, pequeño, despreciable... ¡era yo mismo! Un alfeñique rodeado por la inmensidad de la mosquitera. Una nimiedad, una ridiculez, una miniatura. El hombre no era nada. ¡Era yo! Y yo no era nada.

Volví a la butaca. Estaba despierto. Nunca en la vida me he sentido tan despierto. Lo acepté. Acepté que estaba sentado en la butaca, completamente despierto, y al mismo tiempo en la cama durmiendo a pierna suelta. No hallaba una explicación racional a aquel insólito desdoblamiento y me encontraba demasiado impresionado para oponerle resistencia. ¿Era aquello el Heliobut? Lo ignoraba. Recordé una vez más a la joven voluntaria. «Qué bien he dormido. Incluso he soñado que dormía.» Y a mí mismo a la sombra de una ceiba entreviendo una imagen. Yo, sentado en el sillón, velando plácidamente mi propio sueño. Pero aquel avance –aquella premonición, aquel aviso– no me pareció entonces perturbador o inquietante. No fue más que un destello. Una sensación fugaz. Ahora, para mi desgracia, ya no podía hablar de sensación, sino de certeza.

Ahí seguía yo. Resoplando y agitándome debajo de la mosquitera. Desde mi puesto de observación, la butaca, no podía apartar los ojos de la cama. Y sin embargo me hubiera gustado cerrarlos y evitarme la espantosa visión. Comprendí que «hombrecillo» no era sólo un concepto físico sino moral. Eso era yo: un hombrecillo. ¿Hasta cuándo iba a durar aquella penosa alucinación? No quería arriesgarme a pedir ayuda. A despertar al francés o a cualquier otro huésped. Porque ¿se trataba realmente de un engaño de los sentidos? ¿Verían ellos lo mismo que estaba viendo yo? Me imaginé arrastrando a De la Motte hasta mi cuarto y no me costó figurarme su expresión de espanto. No iba a hacerlo. No iba a exhibir mi desnudez y mi insignificancia. Sólo me quedaba esperar a que amaneciera y entonces, si la presencia no se había desvanecido, tendría que ingeniármelas para deshacerme de ella. Sentí un estremecimiento. ¿Estaba pensando en un asesinato? ¿O debería llamarlo suicidio?

Busqué afanosamente en la memoria una situación que se pareciera a lo que me estaba ocurriendo.

Noticias de casos clínicos, obras de ficción, anomalías oculares... Algo vislumbré, pero no estaba seguro. Una deformación de la vista que hacía que el paciente viera su entorno a escala reducida. Y la biografía de un escritor (loco) que un día recibió la visita de sí mismo. Intenté razonar y no perder la calma. ¿No podría ser que yo (comerciante, falsificador, coleccionista) estuviera tanto o más desequilibrado que el escritor (un francés del XIX cuyo nombre no recordaba), sufriera una alucinación semejante y, encima, me viera aquejado de una súbita y caprichosa deformación binocular? Porque ningún objeto de la habitación había alterado sus proporciones. Sólo yo. El hombrecillo, la menudencia, el durmiente.

Perdí la calma. La respiración, en la cama, se hizo más agitada y la mosquitera se abombó durante unos instantes. Miré mis brazos. Me sorprendió que los insectos no me hubieran atacado estando como estaba sentado en el sillón, sin protección alguna. Aquello era sumamente extraño. O, para ser exactos, *también* era extraño. Y la cabeza, que no había perdido su febril actividad, se apresuró a ofrecerme dos hipótesis a las que nunca, hasta aquel momento, habría concedido el menor crédito.

La primera era la de un viaje astral. No sabía muy bien en lo que consistía, pero había oído decir a charlatanes, embaucadores, místicos o esotéricos que, con la debida concentración y una preparación adecuada, el espíritu podía abandonar el cuerpo y viajar a donde se propusiera con el solo impulso de la volun-

41

tad. Estaba dispuesto a tenerla en cuenta. Pero no recordaba haberme ejercitado para la experiencia, y el viaje —si es que realmente se trataba de un viaje— resultaba a todas luces irrisorio. De la cama a la butaca. Descarté la idea.

La segunda era sencillamente espeluznante. Estaba muerto. Muchos son de la creencia de que el fallecido, durante las horas que siguen a su óbito, vaga desesperado por los escenarios que le son familiares sin llegar a entender lo que le sucede. Algunas veces —según he oído en distintas culturas y en los más dispares puntos del planeta— llega a verse a sí mismo echado en el lecho mortuorio y rodeado de los llantos y el pesar de sus seres queridos. No se puede abandonar una vida y entrar en otra como el que se limita a abrir una puerta. El tránsito es duro. Sobre todo para los que han perecido de accidente o de muerte súbita. ¿Y cómo podía estar seguro de que el trayecto entre el Wana Club y el Masajonia había transcurrido como creía recordarlo? Dos *tawtaws* achispados y estúpidos paseando en plena noche por una pista desierta como si estuvieran en el jardín de su casa. Éramos un reclamo. Una provocación. Probablemente nos habían asaltado. Y horas después, alguien —tal vez el propio Balik alarmado por nuestra tardanza— había peinado la zona hasta dar con nuestros cuerpos y depositarlos en el Masajonia. Me supo mal por el francés. Era aún muy joven para abandonar el mundo. En cuanto a mí, no diré que no me importara —estaba consternado—, pero una nueva emoción se sobrepuso a cualquier otra. Sentí vergüenza. Una vergüenza insufrible al pensar que, en cuanto amaneciera, aquel pingajo impresentable en que me había convertido sería expuesto a la curiosidad pública. Pero el cuerpo —mi cuerpo— seguía, a pesar de todo, respirando bajo la mosquitera. Y eso era del todo imposible. No había muerto. Ni siquiera me quedaba el consuelo de estar muerto.

Volví a estudiarme. ¡Qué poca cosa era! Cualquier objeto tenía más entidad que yo mismo. Las tulipas, la lámpara de pie, el sillón de orejas... Yo no era nada. O casi nada. El *casi*, lejos de animarme, me alarmó. Yo era algo. Y la palabra —*algo*— me llenó de desolación.

Preferí acudir a lo que no comprendía. Heliobut. Eso que según el misionero los blancos llevábamos dentro. Me pregunté qué es lo que habría visto el inglés para huir despavorido del Masajonia y estrellarse (o suicidarse) a los pocos minutos. Supuse que su vida. Como yo en aquellos momentos despreciaba la mía resumida en el repugnante durmiente. Me pregunté también qué pasaría si la joven voluntaria, en el caso de que regresara al Masajonia, volviera a contemplarse durmiendo y comprendiera que no era un sueño. Nada en absoluto, me dije convencido. Seguramente su visión sería apacible. La virulencia de la enfermedad dependía del enfermo. Todos —lo había dicho el misionero— llevábamos el Heliobut dentro. Todos sufríamos —le corregí— la visión que merecíamos. Y la voluntaria —estaba más que seguro— no tenía de qué avergonzarse.

Me sentía agotado, exhausto. Mis ojos, fatigados por la horrorosa vigilia, confundían objetos, borraban contornos y me producían la ilusión de que de pronto todo en la habitación viraba al azul. Un azul a ratos intenso −como el punto en las pupilas de la hermana Hurí− o transparente −como la mirada del padre Berini− o mezclado con verde −como las fotografías desgastadas de la recepción−. Cerré los ojos. La oscuridad era también azul. En aquel momento oí unos golpes en la puerta.

Me levanté de un salto, busqué la llave en el suelo, grité «¡Un momento!», apagué las tulipas y abrí.

−*Hello, mate!*

Era Van Logan.

El holandés entró sin esperar a que le invitara a hacerlo. En dos zancadas alcanzó la mesa, depositó un pesado maletín y me indicó que me acercara. Miró con sorpresa la lámpara de pie. Luego la ventana.

−¿Puedo abrir? −preguntó jovialmente.

Tampoco esperó mi respuesta. Abrió. Era de día. Un día azul. La luz me cegó por completo. Cuando recuperé la visión miré aterrado hacia la cama. No había nadie. Sólo una mosquitera hecha un ovillo.

−¿Seguro que ha descansado?

El holandés parecía preocupado. Supuse que mi aspecto era desastroso.

—En parte —respondí.

Y me alarmé ante la precisión de mis palabras. ¿Cómo se me había ocurrido delatarme? No quería hablarle de mi insomnio, pero menos aún de que, mientras velaba en la butaca, una parte de mí mismo dormía a pierna suelta. Me apresuré a explicarme:

—Descansé ayer y anteayer. Y el otro día... Pero esta noche...

Van Logan se puso a reír.

—Seguro que pasó la tarde donde Wana Wana. El genocida local. Ese hombre va a acabar con todos nosotros.

Recorrió la habitación con los ojos y emitió un silbido.

—No está mal. Nada mal. Espaciosa y cómoda.

Se asomó a la ventana.

—Y hasta el manglar, visto desde aquí, parece inofensivo.

—¿Qué quiere decir? —pregunté interesado.

—Nada importante. No me gustan los pantanos. Son insalubres.

Lo miré con recelo.

—¿Y no se ha alojado nunca aquí?

—Nunca —me guiñó un ojo—. Tengo amigas en el poblado.

Van Logan era vulgar. Pero también bonachón, simpático y oportuno. Había aparecido en el momento justo. ¡Me había salvado! Además, no era yo el más indicado, después de lo que había visto por la noche, para impartir lecciones de elegancia y estilo. Le observé mientras abría el maletín.

—Ahora verá —volvió a chasquear la lengua—. Es sólo una muestra. El resto del encargo está en el jeep.

Su voz sonaba sumamente tranquilizadora. Cerraría el trato. Le pediría con cualquier excusa que no se marchara. Que se arrellanara en el sillón mientras yo recogía mi equipaje. Aceptaría sus condiciones. Todo menos quedarme solo otra vez en el cuarto.

—¿Qué le parece? —preguntó ufano.

Había dispuesto unas cuantas estatuillas sobre la mesa. No dije nada. Estaba demasiado cansado para apreciar su posible valor o su belleza. Mi silencio fue interpretado como una decepción.

—Se lo dejaré a buen precio —dijo.

Yo seguí mudo. Van Logan volvió a la carga. Me palmeó la espalda con tanta fuerza que a punto estuvo de tirarme al suelo.

—Mírelo con ojos de europeo. Como si estuviera ya en su casa. Estas figurillas ganan con el traslado. Aquí pueden parecerle poca cosa. Una vez en Europa suben, ¿me entiende?

Asentí. Sabía perfectamente a lo que se refería. Todo lo que adquiría a lo largo de mis viajes *subía* al llegar a Europa. De valor, de rareza, de precio. Yo me encargaba de que así fuera. Le miré con agradecimiento. Estábamos hablando de negocios con la mayor naturalidad. Como si yo fuera el mismo que conoció hace meses y en aquel cuarto no hubiera pasado nada en absoluto. *Nada*, recordé. Y sentí un escalofrío.

—Hágame una oferta —dije como un autómata.

Y, sin disculparme, empecé a desvestirme en su presencia. Me quité el batín y el pijama, pero no logré dar con la sahariana y los pantalones. Crucé la habitación envuelto en la mosquitera. El espejo me devolvió una imagen que tardé en reconocer. Me desprendí de la tarlatana y la tiré sobre la cama. Demasiado tarde. También en el espejo acababa de sorprender a Van Logan desviando la mirada.

—Si lo prefiere, puedo esperarle abajo. He encargado a Balik un desayuno de mijo y huevos fritos y...

—Sigamos hablando. Es importante —dije.

Lo era. Debía retenerlo hasta que abandonara para siempre aquella terrorífica habitación. Nunca volvería al Masajonia. Nunca regresaría a África. Estaba decidido.

El holandés sacó papel y lápiz, recitó en voz alta la lista de gastos, el pago de los artesanos, un par de imprevistos y por lo menos tres sobornos. Tachó uno. Se había retrasado y era de justicia que me hiciera una rebaja. Yo ya me había vestido. Empecé a hacer las maletas.

—¿Se va hoy? —preguntó levantando los ojos del papel—. Si es así yo puedo acompañarle hasta el aeropuerto. Precisamente tengo que facturar unas chucherías.

Se arrepintió de haber empleado la palabra «chuchería». La cambió por «quincalla», lo estropeó aún más con «bagatela» y terminó por acudir al peor de los calificativos posibles: «nadería». Evité su mirada.

Se había dado cuenta de que acababa de meter la pata. No porque temiera haberme incomodado —ignoraba a lo que me había enfrentado yo aquella noche— sino, simplemente, porque a nadie le gusta desvalorizar su propia mercancía. Debía de ser la habitación. Algo tenían aquellas cuatro paredes para que un negociante cuajado como el holandés se delatara como un principiante. Y para otras cosas peores. Lo sabía bien. *Algo.*

—Viajaremos juntos —dije. Y arrastré las maletas hasta la puerta.

El holandés me miró sorprendido.

—Pero ¿qué hace? Déjelas aquí, *mate.* Luego vendremos a por ellas.

Disimuladamente eché un vistazo a la cama. Me pareció que la mosquitera se agitaba levemente. Había sido el aire. La puerta abierta. Respiré hondo.

—A ver cómo se ha portado Balik —dijo Van Logan.

Desayunamos mijo, huevos fritos y un pan especial que denominan *jubsaka.* No sentía el menor apetito, pero estaba decidido a no separarme de él hasta que llegáramos al aeropuerto. Discutimos precios —puro formulismo en mi caso— y cerramos el trato. Pagué una parte en metálico y le extendí un cheque para cubrir el resto. La operación me resultó difícil. Por un momento no logré recordar mi propio nombre. Destrocé el talón con el pretexto de que la firma me había salido ilegible.

—A eso se le llama resaca —dijo riendo Van Logan.

Extendí otro. No debía alarmarme. En cierta forma el negociante tenía razón. Mi malestar tenía muchos puntos en común con una resaca. Pero el mijo era azul y, durante unos segundos, me vi a mí mismo picoteando sin el menor apetito pequeños grumos de mijo azul.

—Van Logan —solté de pronto—, ¿sabe usted lo que es el Heliobut?

Me arrepentí enseguida. Pero ya no podía volverme atrás.

—¿Dónde ha oído esa palabra? —dijo encendiendo una pipa.

—En el Wana Wana. Ayer por la tarde.

Cabeceó envuelto en humo y me miró con cierta conmiseración.

—Supersticiones. Cosas de nativos... Por eso no avanzan.

Me alegré de que el padre Berini no estuviera presente. Le hubiera estampado el plato de mijo en plena cara.

—El padre Berini... —empecé.

—¡Acabáramos! —gruñó Van Logan—. Él es uno de ellos. Lleva demasiado tiempo aquí y le pega al bozzo. No le haga el menor caso.

—Pero entonces...

—Entonces nada —le disgustaba el tema, eso estaba claro—. Le daré un consejo. Caído en una superstición, caído en todas. Aquí las vidas penden de un hilo. No complique más las cosas.

—Pura curiosidad —mentí.

Él no se inmutó.

—En cierta forma usted y yo somos socios. Y para cuando regrese a estas tierras —seguí mintiendo— me gustaría que en nuestros futuros negocios...

No tuve que añadir nada más. La posibilidad de otro buen negocio —el que acabábamos de cerrar debía de parecerle redondo— le cambió el semblante.

—Como quiera —dijo, y miró el reloj—. Si le gusta perder el tiempo...

Abrió la nevera y se sirvió una cerveza helada.

—Esa palabra, que le recomiendo se abstenga de usar, no es más que la deformación de otra. De dos nombres. Elliot y Belinda. Los primeros propietarios del Masajonia. Ingleses y, según dicen, buena gente. En el vestíbulo están aún sus fotografías. Y las de sus hijas. Dos niñas entonces. Ahora unas viejecitas encantadoras.

No quise interrumpirle. Prosiguió:

—Estuvieron por aquí hace unos años. Ya ve, no hay ningún misterio. Quisieron recorrer los escenarios de su infancia y luego regresaron a su país. Lo encontraron, me refiero al hotel, exactamente igual a como lo habían dejado. Tal vez más pequeño. La memoria, ya sabe...

—¿Y?

No entendía adónde iba a parar. Me estaba impacientando.

—Eso es todo.

—¿Cómo que todo? —protesté—. ¿Y por qué la familia vendió el hotel y abandonó África?

—Porque las niñas iban creciendo y preferían casarlas en Inglaterra. Además a Elliot no le sentaba bien el clima. El manglar. Por lo visto contrajo unas fiebres.

—¿Qué clase de fiebres?

—¡Cómo voy a saberlo! Eso, aquí, es el *jubsaka* nuestro de cada día —celebró exageradamente su chiste y prosiguió—: Lo único que quería decirle es que no encontrará nada de extraordinario en su historia. Ni en la de los europeos que han venido alojándose en el hotel desde entonces.

—¿Y el inglés? —continué—. ¿El tipo que hace una semana perdió el juicio?

Van Logan me miró disgustado. Le molestó que estuviera al corriente de los últimos acontecimientos.

—Irlandés —precisó—. John McKenzie. Ése llegó ya zumbado. Como muchos. No se puede culpar al Masajonia de la locura de algunos clientes. La traen puesta.

Recordé al misionero. «El mal lo llevan dentro.» Y también a mí mismo en una de las escasas conclusiones lúcidas de la noche. «Cada uno tiene el Heliobut que se merece.»

—Heliobut —dije aún, y me sorprendí pronunciando el nombre en voz muy baja—. ¿De Elliot y Belinda a... Heliobut? No sé qué decirle.

—Él la llamaba Blue. Un apelativo cariñoso.

¿Había dicho «blue»? Di un respingo. Los restos de mijo habían recobrado su color pardusco.

—De Elliotblue a la palabreja no hay más que un paso. Era la manera como los nativos conocían el hotel. Por el nombre de los propietarios. El establecimiento de Elliot y Blue... ¿No me ha hablado usted antes del Wana Wana? Pues es lo mismo. Pero, con el tiempo, como a algún que otro europeo se le calentaron los sesos con el clima, nació la leyenda. Y esa pobre gente, primitiva, ignorante y supersticiosa, empezó a referirse a este lugar, donde estamos desayunando tranquilamente, por su verdadero nombre, Masajonia. Y reservar lo otro, la corrupción de Elliotblue, para designar lo que no entendían.

Van Logan no sería ignorante, primitivo o supersticioso, pero evitaba con sumo cuidado —hacía rato que me había dado cuenta— pronunciar directamente «la deformación», «la palabreja», «lo otro»... No se lo hice notar. Mi cabeza estaba en otras cosas.

—Blue —murmuré.

Se echó a reír.

—Sí —dijo—. No es un nombre apropiado para una esposa. Suena más bien a puta. ¿No le parece?

Le adiviné frecuentador de prostíbulos y bares de alterne. Me encogí de hombros.

—Pero era una santa. O eso decían los que la conocieron. Y ahora vámonos —miró el reloj—. A no ser que haya decidido perder el avión.

Había dejado el maletín junto a mi equipaje y no tuve que rogarle que me acompañara a la habitación. Abrí la puerta. Me asomé angustiado. Nadie.

Arrastré las maletas por el pasillo. Al pasar delante del siete del francés oí el sonido de una llave en la cerradura. Me detuve.

—¿Se va? —preguntó De la Motte apareciendo en el umbral.

Vestía un batín de damasco (como las paredes de su alcoba en el *château* de La Loire) y calzaba unas babuchas de un azul intenso. Se le veía fresco, recién afeitado y en plena forma. Recordé que en un momento de la noche le creí muerto y sentí una inmensa alegría al comprobar que seguía vivo. Le abracé.

—¡Qué lástima que se vaya! Quería enseñarle mis cuadros y agradecerle su compañía. Fue una velada inolvidable, ¿verdad?

Van Logan nos miró de reojo, carraspeó y siguió avanzando con su maletín. Le alcancé enseguida. No debía separarme de él ni un segundo. Al llegar a Recepción, Balik reparó en mis maletas, comprendió que me iba y empezó a preparar la cuenta. Yo aproveché para mirar otra vez las fotografías de la pared. En unas estaba escrito Belinda y Elliot. En otras Elliot y Blue.

—Ajajash —dijo Balik.

Sabía que no era cierto. Que ni el pintor ni yo habíamos muerto, ni Balik, por tanto, había tenido que peinar la zona y hacerse cargo de nuestros cuerpos. Pero si no hubiera sido así, si mis sospechas nocturnas hubieran resultado ciertas, seguro que Balik se habría comportado de la misma forma. Con respeto y cariño. A punto estuve de abrazarle, pero sentí la mirada estupefacta del holandés, recordé su reciente carraspeo, me vi vagando entre tules por la habitación, y no llegué a hacerlo. Van Logan dijo «Vámonos ya», pero su expresión denotaba a las claras sus

53

pensamientos. «¿También con éste?», se estaba preguntando en silencio.

No recuerdo nada en absoluto del viaje junto al holandés. Nada más subir al camión me quedé frito. Cuando desperté era de noche y estábamos en el aeropuerto. Van Logan había facturado las mercancías, me entregaba un pasaje, explicaba que se había tomado la libertad de hurgar en mis bolsillos, me devolvía el cambio y, como si yo fuera un fardo, una bagatela o una nadería, me depositaba con resolución al pie de la escalerilla.

Me despedí de Van Logan —de África en toda su inmensidad— en la puerta del avión. Ocupé el asiento que me indicó la azafata, miré el reloj y mi último pensamiento fue para Balik. Era la hora. También yo, como él, regresaba a casa. Cerré los ojos.

—¿A casa? —me pareció oír—. ¿Y quién le espera en casa?

Los abrí sobresaltado.

—Isabel, César, Bruno... —murmuré.

El asiento contiguo estaba vacío y la azafata perdida en un extremo del pasillo.

Volví a cerrar los ojos. Pero no logré dormir en todo el viaje.

La familia me encontró raro.

—Te encuentro raro —dijo mi mujer.

A los chicos les sucedió exactamente lo mismo. Me encontraron raro. Pero, fieles a su costumbre de no desperdiciar energías, se abstuvieron de hacérmelo notar. Mis hijos no hablaban. Por lo menos conmigo. Entre ellos, en cambio, no dejaban de intercambiar mensajes con los ojos fijos en su móvil, aunque se encontraran en la misma habitación o sentados en el sofá, uno al lado de otro. Algunos debían de ser muy chistosos. Porque de pronto se miraban, me miraban, volvían a su móvil y se echaban a reír. Sin el menor disimulo.

En la cocina también se hablaba de mí.

—Al señor le han hecho algo —dijo en una ocasión la ecuatoriana que llevaba con nosotros varios años—. Una brujería.

—Pues yo lo encuentro muy amable —terció una gallega a la que apenas conocía.

Me gustaba escucharlas. Hablaban de hechizos, de pócimas, de embrujos, de conjuros, de ataduras y de maldiciones, y se preocupaban sinceramente por mí. Después, sin dejar de lavar platos o preparar la comida, recordaban historias y casos sucedidos en sus pueblos de origen. Algunos los habían presenciado con sus propios ojos. Otros no, pero se declaraban dispuestas a poner la mano en el fuego para demostrar su veracidad. Nunca llegué a enterarme del final de los sucesos. En cuanto se percataban de mi presencia, cambiaban de tema. De nada me servía pedir una cerveza, un vaso de agua fresca o algo para picar.

—Ahorita se lo llevamos al salón.

—Sí, señor. No se moleste.

Me tenían cariño. Y respeto. Pero mi lugar no era la cocina.

A los pocos días decidí ponerme a trabajar. Abrí el cargamento de estatuillas que hasta entonces había permanecido cerrado y escogí las mejores. Muchas habían sufrido desperfectos durante el viaje. Demasiadas. Tal vez venían ya defectuosas de origen. ¿Cómo saberlo? No había tenido tiempo ni ánimos para revisar la partida cuando debí hacerlo. Un descuido imperdonable. Las rocié, como siempre, con un preparado de mi invención y las sepulté en la parte trasera del jardín. En pocos meses estarían listas. Como siempre.

La familia (pero no quisiera extenderme en ese tedioso tema) pareció tranquilizarse con mi recuperada afición al trabajo. Me observaron manipulando probetas en el laboratorio, asistieron al entierro del material y mi mujer, incluso −tal vez por la alegría que le producía saberme ocupado−, me dedicó, en dos ocasiones por lo menos, frases laudatorias acerca de mi patente habilidad para el envejecimiento, la falsificación y el arte.

Todo volvía a ser como antes. Yo dejaba de vagar por la casa como un alma en pena, permanecía encerrado en el laboratorio preparando el tratamiento final y dentro de unos meses empezaría a llegar el dinero a espuertas. El dinero, sí... Pero ¿era sólo eso? Dudé de mi mujer. De los chicos no. A ellos siempre les había interesado el dinero.

−Por las noches hablas −dijo mi mujer (y yo lamento tener que volver a referirme a ella)−. Dices cosas incomprensibles, pero sobre todo «Blue». Una y otra vez. ¿Quién es Blue?

Mis dudas tenían fundamento. A mi mujer no le preocupaba únicamente el dinero, sino la seguridad de que no iba a producirse ninguna interferencia que me impidiera seguir aportando dinero.

—Suena a chica de alterne —continuó en el más puro estilo Van Logan.

Estaba celosa. En cierta forma, por lo menos. Me armé de paciencia.

—*Blue* quiere decir azul.

—¡Gracias! —había olvidado que era licenciada en literatura inglesa—. No sabes cómo me tranquilizas.

Los chicos se pusieron a reír. Me habría gustado que no estuvieran allí, en el comedor, y, sobre todo, que no fueran mis hijos. Pero no había duda. Eran mi vivo retrato —en lo físico— de cuando era adolescente. Ahora dejaban de comer y volvían al tráfico de mensajes.

—Dilo ya, aquí, delante de tus hijos —mi mujer (no tengo más remedio que volver a ella) había perdido el menor sentido de la discreción—. ¿Quién es esa Azul que te ha sorbido el seso? Tenemos derecho a saberlo.

Dudé entre refugiarme en el laboratorio o permanecer en silencio. Hice un esfuerzo y opté por el camino más difícil: la franqueza. Tal vez merecían una oportunidad.

—Azul es el mar —dije—, el cielo, los ojos del padre Berini, un punto en las pupilas de la hermana

Hurí y una dama inglesa que, si viviera aún, tendría más de cien años. También, a ratos, el mijo puede ser azul, el jubsaka, los tawtaws, el Wana Wana, cualquier estatuilla enterrada en el jardín o una noche de insomnio en el Masajonia. Y posiblemente... el Heliobut.

Iba a proseguir (había decidido sincerarme, ya lo he dicho), pero fui interrumpido por unas carcajadas. Esta vez me encolericé. Le arrebaté el móvil al hijo más próximo. Leí: «Está zumbado». Recordé a McKenzie.

—McKenzie —pensé en voz alta—. No era inglés, sino irlandés.

Mi mujer me quitó el celular y se lo devolvió al chico.

—Y encima violento. Y cínico. Y prepotente. ¿Quién te has creído que eres?

Mi mujer (otra vez, lo siento) me produjo una pena inmensa. ¿Creerme yo *algo*? Yo no era nada. O casi nada. Menos que una mosquitera, un sillón de orejas o un insecto. El *casi*, esta vez, me confortó. Ellos eran todavía menos. Aunque, pobres, no tuvieran la menor idea de que casi *no eran*.

—Sí, el Heliobut —continué. Ya que *no eran*, nada me impedía seguir pensando en voz alta—. Procede de Elliot y de Blue, pero es como si hubiese adquirido vida propia. Nadie, al nombrarlo, piensa ya en los antiguos propietarios. Se trata de un mal, tal vez de una fiebre que no se traduce en décimas y que ataca únicamente a los tawtaws. Tampoco el padre Berini, que lo sabe todo, puede o quiere formularlo con claridad. Dice que es como una gripe y recomienda pasarla en cama. La enfermedad debe seguir su curso. Van Logan le echa las culpas al manglar. Pero Berini es un bozzero y el holandés una mezcla de rufián y hada madrina. Me ha vendido material defectuoso... ¡Qué más da! El mijo era azul y Van Logan me salvó la vida.

Me detuve para beber un poco de vino. Empezaba a sentirme bien.

—Azul —dije—. Como los ojos del misionero o las babuchas de Jean Jacques Auguste de la Motte. Azul...

Y entonces lo entendí.

—Se trata de una fiebre. ¡La fiebre azul!

Eso era. ¡Por fin! Había conseguido formularlo. Heliobut no tenía para mí el menor significado, pero sí, en cambio, ¡fiebre azul! Había vencido. *Algo* se retiraba derrotado y en su lugar *fiebre azul* se instalaba benéficamente en el sillón de orejas explicando los delirios de la noche y cargando con toda la responsabilidad. El mal, o lo que fuera, tenía nombre. Me serví otra copa.

—¡Fiebre azul! —grité—. He aquí el diagnóstico.

Y de pronto los vi en azul. Fue sólo un momento. Me miraban como si supieran, ellos también, que yo era pequeño, muy pequeño... Pero no se trataba de eso. Los chicos estaban congestionados de aguantarse la risa. Mi mujer seguía furiosa. No había creído una palabra de lo que acababa de explicar. O no se había molestado en escucharme. O lo había intentado y se había hecho un lío. Tal vez hubiera debido empezar por el principio. Contarles quién era Berini, mis tratos con Van Logan, lo que significa *tawtaw* y un largo etcétera. Pero había llegado a olvidarme de su existencia. En realidad hablaba sólo para mí mismo. Mi mujer volvió a la carga.

—Y merodeas por la cocina en cuanto piensas que no te vemos. ¿Qué buscas allí?

Me fui al laboratorio. Cerré con llave y pensé en China. Casi todos mis conocimientos —el arte de envejecer, sepultar, de dar, en definitiva, gato por liebre— los había adquirido en China. Es más, los había sufrido en mis propias carnes la primera vez que fui a China en viaje de negocios. Sabía que durante la Revolución Cultural y los traslados forzosos, muchos, a la espera de tiempos más propicios, enterraron sus pertenencias en el campo. Muebles, arquillas, porcelanas, láminas, libros... Bienes heredados, joyas de familia o cualquier objeto de simbología religiosa odioso, en aquellos años, a los ojos del régimen. El subsuelo del país estaba lleno de tesoros que ahora afloraban de continuo en los lugares más impensados. Los restos de tierra integrados en los resquicios daban cuenta de sus vicisitudes y su autenticidad. Por lo menos al principio. Porque o los tesoros se agotaron o los vendedores vieron el cielo abierto. Lo cierto es que se pusieron a fabricar todo tipo de antigüedades con que satisfacer la creciente demanda. Eran hábiles, sabían cómo engatusarte. Me enseñaron polvorientos arcones de madera de alcanfor y los bienes heredados que habían logrado salvar en su interior. Me endilgaron lo que les vino en gana. Y yo, a mi regreso, aprendí la lección. En adelante —se tratara de China, la India o de mi viaje más reciente, África—, ya no buscaría antigüedades sino objetos que, con el debido tratamiento, pudieran pasar por antigüedades. Ahí empezó mi fortuna. Y la de la familia.

—Iré a China —dije al regresar al comedor.

No les pareció ni bien ni mal. O, por lo menos, se abstuvieron de darme su opinión, cosa que agradecí. Les imaginé cavilando. África no había dado los frutos previstos —de ahí mi depresión o mi trastorno— y volvía a China. En el fondo estaban de acuerdo. Lo importante era mantener un nivel de vida y perderme de vista por un tiempo. A mí, en cierta forma, me ocurría lo mismo. Necesitaba descansar. De ellos.

Aunque ¿de qué me podía quejar? El culpable era yo —la nada repugnante durmiendo a pierna suelta— y la familia, como el Heliobut, no es casi nunca una casualidad. Sólo un merecimiento.

La idea no me gustó. ¿Y si en vez de un merecimiento fuera una simple contingencia? Recité en voz baja sus nombres —Isabel, César, Bruno— y, con un poco de trampa, compuse una palabra. Bel de Isabel, Ce de César y Bú —aquí la licencia— de Bruno. ¡Belcebú! Había huido del Heliobut y ahora iba a liberarme de Belcebú. Cuanto antes. Crucé los dedos.

—Belcebú... —murmuré complacido.

Los chicos se tronchaban de risa. Mejor así. Que se desahogaran. No fueran a caer enfermos y me complicaran las cosas. Mi mujer (y ésta sí es la última vez que hablo de ella) pegó un golpe en la mesa. —¿*Belle* Blue? —preguntó a gritos—. ¡Y dale! ¡Blue, Blue...! ¡No puedes sacártela de la cabeza!

Desenterré las estatuillas, las sometí al tratamiento final, las vendí por un precio desorbitado y compré un pasaje a Pekín. Pero no llegué nunca.

Había reservado habitación en el China World. El mejor. No pensaba privarme de nada. Mis contactos —Lin Pi Shang, Fu Shing y un tal Schneider— estaban ya al tanto de mi llegada. También el intérprete, José Pong, un chino-peruano que me había sido recomendado con entusiasmo. Llevaba un montón de libros en el equipaje de mano. Libros leídos en su día —subrayados, anotados— de los que, cosa curiosa, no conservaba el menor recuerdo. *La Chine et les Chinois*, *China hoy*, etcétera. El viaje era largo. Toda una jornada. Pero a las dos horas escasas de vuelo un desperfecto en el motor unido a una poderosa tormenta nos obligó a un improvisado cambio de ruta, primero, y a una escala forzosa poco después. «Bengasi», informó el sobrecargo por los altavoces. ¿Bengasi? El avión estaba lleno de ejecutivos malhumorados que como un eco repitieron «¡Bengasi!». Yo, en cierto modo, también era un ejecutivo –un ejecutivo de mí mismo, para ser exactos–, pero el incidente no alteraba esencialmente mis planes. Pi Shang, Fu Shing y Schneider podían esperar. Incluso me atrevería a decir que era bueno que se impacientasen. El único problema era José Pong. Si resultaba tan fuera de serie como se me había asegurado, alguien, sin duda, se apresuraría a contratar sus servicios y me quedaría sin intérprete. Ése era el único punto negro. Pong. Pedí un té en la cafetería del aeropuerto y abrí un libro. *La Chine et les Chinois*. Lo cerré. Estaba en Libia y China quedaba muy lejos.

La compañía nos ofreció dos opciones. Regresar al punto de partida (posibilidad que deseché de inmediato) o esperar en Bengasi, con los gastos pagados, a que el aparato fuera reparado. Hubo una tercera. Una iniciativa que partió de un par de ejecutivos de singular fiereza, y que más que una opción era una exigencia. ¡Que nos devolvieran el dinero! ¡Que nos indemnizaran! Me uní a los sediciosos. No me veía envejeciendo en Bengasi. Protestar, además, es un saludable ejercicio que suele ponerme de buen humor. Me enfurecí, reclamé mis derechos, amenacé con demandas y juicios, redoblé mi cólera, me convertí en cabecilla de la rebelión y conseguí lo que quería. Nos devolvieron el importe del pasaje, más un considerable plus en atención a daños y perjuicios, y me puse de buen humor. Mis ocasionales amigos, después de las felicitaciones de rigor, desplegaron un mapa. Eran viajeros avezados. En pocos segundos marcaron con bolígrafo rojo un itinerario sorprendente. Discutieron entre ellos, barajaron nombres de compañías, consultaron horarios, enviaron y recibieron mensajes electrónicos, sopesaron ventajas e inconvenientes y finalmente se pusieron de acuerdo. Desde cierto lugar (hundieron sus dedos en un punto de África) podríamos abordar, sin ningún problema, un avión con destino a Pekín. Nos estrechamos la mano con euforia. Ya estaba hecho.

Abordamos felices el primer avión como si fuera la decisión más importante de toda nuestra vida. Para mí lo fue. Pero entonces aún no podía saberlo. Mi asiento era el siete. Hasta aquí nada de extraordinario. El siete estaba impreso en el respaldo y también, en relieve, sobre la ventanilla. Instintivamente lo toqué. Me refiero al que estaba sobre la ventanilla. Y entonces, en un rápido contoneo que me resultó familiar, giró sobre sí mismo, se balanceó y terminó convirtiéndose en una ele. Lo miré atónito. ¿Había sido yo? ¿O era la mano de la fatalidad la que me prevenía de algo y me conducía a través del inescrutable continente? En la primera escala (me abstendré de precisar el nombre) el olor a mijo y ñame confundido con especias y perfume me produjo una agradable sensación. También el calor. Y los rostros de la gente. En la segunda (tampoco incurriré en la estupidez de hablar más de la cuenta) el avión se llenó de misioneros, monjas, cooperantes, familias de notables y delegados de organizaciones internacionales. No hubo tercera escala. O sí la hubo. Pero no se trató propiamente de una escala. Para mis amigos, los fieros ejecutivos, fue el final de la primera etapa del viaje. De allí se embarcarían con destino a Pekín. Para mí, la decisión más importante de mi vida. No iría a China.

Ayudé a la fatalidad —¿o debería llamarla providencia?— y me informé de los vuelos inmediatos. En menos de dos horas despegaba un fokker. Tuve suerte. El fokker me conducía precisamente a donde deseaba ir. Mi asiento esta vez no tenía número, pero si contaba de izquierda a derecha (dos a la izquierda, pasillo, dos a la derecha) yo ocupaba la segunda fila (a la derecha) y era exactamente el séptimo pasajero. El dato me bastó. La providencia me hacía trabajar. Pero no me había abandonado.

Llegué de madrugada al pequeño aeropuerto que conocía bien. (Tampoco diré el nombre. Ahora menos que nunca puedo permitirme un desliz.) Contraté los servicios de un chófer. «Hotel limpio», dijo sin preguntarme. «No lejos de aquí.» Me senté a su lado dispuesto a aguantar las largas horas de viaje. Estaba amaneciendo. Reconocí mangos, palmeras, ceibas y baobabs. Saludé con la mano a niños madrugadores de los poblados que íbamos dejando en el camino. En un momento, aproximadamente a mitad del viaje, el conductor frenó en seco. «Padre Berini», dijo, y señaló hacia una casa blanca. «Muy bueno. Un santo.» Yo le indiqué que continuara. «Otro día», añadí. Pero en esta ocasión era sincero. Claro que conversaría con el misionero. Al día siguiente o al otro. No tenía prisa. Antes de dejar atrás la misión me fijé en un tendedero del que pendían tres hábitos secándose al sol. El viento los balanceaba con distinta fortuna. Dos se ondulaban pesadamente (como si estuvieran todavía mojados y el agua les restara movilidad). El tercero, en cambio, era la viva imagen de la liviandad, la gracia, la armonía. Adiviné enseguida a quién pertenecía.

El calor empezó a pegar de lo lindo y el conductor me tendió un pañuelo. Me cubrí la cabeza. No iba vestido de África sino de China. Una imprevisión excusable que me apresuraría a subsanar en cuanto hubiera descansado. Llegamos al Wana Wana. No había abierto aún. Unas cuantas mujeres esperaban a la puerta, inmóviles como estatuas, junto a cuencos de mango fermentado.

—Wana Wana —dijo mi cicerone, y a los pocos metros volvió a frenar.

En el camino había un coche parado rodeado de humo. Los dos conductores se pusieron a hablar en su lengua. Yo me fijé en la cantidad de bártulos desperdigados en el suelo. Una maleta, dos maletines, un neceser, dos cajas de óleos y un caballete y varias telas.

—¡De la Motte! —grité esperanzado.

Una cara tiznada apareció tosiendo entre la humareda.

—¡Qué alegría! —dijo sonriendo. Tenía una mano negra, la derecha, y otra blanca, la izquierda. Quiso limpiarse la derecha y se tiznó las dos. Me ofreció la izquierda—. No estoy muy presentable —se excusó.

Nos hicimos cargo del pintor y de su equipaje. No le pregunté adónde iba. Lo sabía perfectamente.

—He estado viajando —explicó—. Pero no he encontrado en ningún lugar un hotelito semejante al nuestro. Tampoco en ningún lugar he logrado pintar tan a gusto. En realidad no he pintado.

Abrió levemente el envoltorio de una tela. Asomó una esquina azul.

—Es lo último que hice. Hace unos meses. Lo empecé aquí y lo acabaré aquí. Ya no soy figurativo, ¿sabe? Ahora juego con el color. Me fascina el azul. No es un color frío, como cree la gente. El azul es... ¡todo! Las posibilidades son inmensas.

Asentí.

—¿Y usted? —preguntó cortésmente—. ¿Qué ha sido de usted durante todo este tiempo?

—Vengo de Libia —respondí únicamente.

Habíamos llegado. El conductor desapareció en el porche y yo ayudé a De la Motte con su equipaje.

—Ojalá haya habitación —murmuró.

—La habrá —dije resuelto.

El conductor nos llamaba desde el porche agitando un brazo. «¡Sólo una!», gritó sonriendo. «¡Una sólo!» De la Motte y yo nos miramos consternados.

—¡Qué contratiempo! —dijo el pintor. Y bajó la voz—. Padezco bruxismo, ¿sabe usted?

No. Yo no lo sabía. Pero la idea de compartir dormitorio con De la Motte me parecía más que un contratiempo.

—Los dientes me castañetean por la noche.

Creo que puse los ojos en blanco. No estoy seguro.

—Como duermo profundamente —prosiguió— no

me doy cuenta. Pero debe de ser muy desagradable para los otros...

Debía de sentirme muy cansado, porque su generosidad me enterneció. Lo que realmente le preocupaba era mi descanso.

—¡Sólo una! —volvió a gritar el conductor desde el porche. ¿Por qué sonreía aquel maldito?—. ¡Hotel libre!

Empecé a comprender. De todos los sietes disponibles únicamente uno estaba ocupado. Oí un silbido de alivio. Era el pintor.

Me adelanté y entré en el Masajonia. Todo seguía igual. La hamaca blanca junto al mostrador, los retratos de los fundadores, el olor a torta de mijo... Balik —eso era lo único raro— estaba atareado reparando el asa de una maleta. No quise interrumpirle. Era la primera vez que le veía ocupado en algo. Le observé. Él debió de notar mi mirada porque alzó la cabeza, me reconoció, depositó la maleta vacía sobre el mostrador y me dedicó una inmensa sonrisa. Yo también sonreí. Y de pronto me pareció estar soñando. ¡La maleta! Ahí estaba, entre Balik y yo, la maleta de juguete de la voluntaria. No podía creer en mi suerte. ¡La voluntaria!

—¡Ajajash! —dijo Balik sin disimular su contento.

Apenas pude devolverle el saludo. Estaba emocionado.

—Ajajash —pronuncié tímidamente.

Y, por primera vez en mucho tiempo, me sentí en casa.

Parientes pobres del diablo

Raúl abrió la puerta. Llevaba corbata negra y el traje oscuro le quedaba estrecho.

—Estás como siempre —dijo con toda la amabilidad del mundo.

—También tú —contesté obligada.

Tenía el cabello blanco y los ojos hinchados. No le hubiera reconocido por la calle.

—Gracias por venir. Te presentaré a mi madre.

La casa estaba llena de gente. Una anciana arrellanada en un sillón respiraba con dificultad. Me sentí incómoda. No había previsto la situación: saludar a la madre.

—Era muy amiga de Claudio —dijo Raúl.

La madre me miró con aire ausente. Parecía sedada y le costaba hablar. Me cogió de la mano.

—Malas compañías —musitó con un hilo de voz—. En los últimos tiempos no era el mismo.

Raúl repitió mi nombre y añadió:

—Es escritora.

—¿Ah sí? —dijo la madre—. ¿Qué escribe usted?

La pregunta me pilló desprevenida. Pero la mujer no esperaba respuesta. Apretó mi mano con fuerza y me clavó una uña.

—Él también escribía. No hacía otra cosa que escribir. Allí —señaló hacia la puerta del pasillo—, en su cuarto.

—Sí, mamá —interrumpió Raúl.

Me tomó del brazo y me llevó aparte.

—Está muy afectada. Supongo que lo entiendes.

—Desde luego —dije.

Entramos en un despacho. En la pared colgaba una orla amarillenta, varios títulos académicos y un pergamino enmarcado. «Su Santidad el Papa Pablo VI bendice a la familia García Berrocal.» Sobre la mesa, bajo una escribanía de plata, vi la carta.

—Aquí estaremos más tranquilos —dijo Raúl.

Olía a cerrado. A libros polvorientos y a papel quemado. Me ofreció una silla. Él se sentó en un sillón giratorio al otro lado de la mesa.

—Es... era —corrigió— el despacho de mi padre. No sé si le llegaste a conocer.

Negué con la cabeza.

—Una excelente persona. Y un gran abogado. Murió al poco de nacer Claudio.

Me entregó la carta. Dudé entre abrirla allí mismo o guardarla en el bolso. Raúl jugueteaba ahora con un tintero vacío. Entendí que me estaba dando tiempo. Debía abrirla. Y enseñársela. Rasgué el sobre. «Siempre que tome un dry martini piense en mí. Me gusta muy frío, no lo olvide.» Raúl seguía pendiente del tintero.

—Ayer me llamó por teléfono. Primero a mi casa, luego al bufete. Las dos veces me habló de ti. Me contó que os habíais hecho amigos, muy amigos...

Agitó el tintero como si fuera una maraca. Estaba nervioso.

—... Y que probablemente se iría de viaje uno de estos días. No entendí qué tenía que ver una cosa con otra y, la verdad, no le hice demasiado caso. Claudio se pasaba la vida viajando y desde hacía años no nos veíamos mucho. Pero esta mañana...

Se olvidó del tintero y abrió una pitillera de marfil. Me ofreció un cigarrillo.

—Esta misma mañana he encontrado la carta. Estaba aquí, en la mesa del despacho. Con tu número de teléfono y el ruego de que te la hiciéramos llegar. Por eso te he llamado.

—Parece una broma —dije, y le tendí el papel—. O quizás una despedida. Pero no aporta ningún dato que pueda explicar...

—Ha sido un accidente —cortó Raúl, y se caló las gafas—. No tenía motivos para dejarnos.

¿Un accidente? ¿Una carta para mí? ¿Cómo sabía Claudio que iba a sufrir un accidente? ¿Y qué tenían que ver en todo esto las «malas compañías»?

—Sin embargo... —ahora Raúl, visiblemente decepcionado, me devolvía la carta—. ¿Tú sabes si en los últimos tiempos se había hecho de una secta o de algo parecido?

Le miré sorprendida. Raúl pareció arrepentirse enseguida de su pregunta.

—Te ruego que esta conversación no salga de aquí.

Señaló la chimenea.

—Ayer por la tarde, poco antes del... accidente, Claudio encendió la chimenea y quemó un montón de papeles. Esta mañana sólo quedaban cenizas. Pero he podido recuperar esto.

Abrió el cajón del escritorio y me mostró un papel chamuscado. «DEL DIABLO», leí.

—Curiosamente es lo único con lo que no ha podido el fuego.

Encendió un ventilador. El calor del despacho era insoportable.

—Yo no le daría importancia —dije—. Claudio estaba preparando una tesis. Un ensayo.

Iba a hablar más de la cuenta pero me detuve a tiempo. El recuerdo de una antigua improvisación acudió en mi ayuda.

—Un ensayo sobre el Infierno —proseguí—. Dante, El Bosco, Swedenborg...

—Ah —dijo Raúl. Y apagó el cigarrillo.

Yo le imité. Eran pitillos de la época de Maricastaña. De cuando Pablo VI bendijo a la familia o de los tiempos en que el padre se licenció en Derecho. El papel tenía el mismo color pajizo de la orla.

—Un ensayo —repitió.

No dijo más. Durante un buen rato. Permaneció en silencio mirando las colillas y yo, de nuevo, me refugié en Maricastaña. ¿Quién era esa señora? ¿A qué tiempos se refería el dicho? O mejor, ¿en qué época se acudió a Maricastaña para aludir a tiempos imprecisos y remotos? Además, ¿era Maricastaña o María Castaña? Un simple truco para mantener la mente ocupada. Una defensa. Pensar en cualquier cosa menos en la razón por la que yo me encontraba allí en aquellos momentos. En un despacho sofocante junto a un hombre que parecía haberse olvidado de mi presencia.

—¿Por qué lo quemaría? —oí de pronto.

Ahora Raúl me miraba fijamente.

—No estaría satisfecho —aventuré—. O no querría que nadie lo leyera... cuando él ya no estuviera aquí.

Acababa de destrozar la versión oficial. «Accidente.» Raúl suspiró compungido. No se molestó en insistir. Volvió a darme las gracias, se levantó y abrió la puerta. En el pasillo respiré hondo. Por poco tiempo. Una chica llorosa sentada en una banqueta parecía aguardarnos. Raúl le hizo ademán de que se acercara.

—Era su novia —explicó.

—Fui su novia —precisó ella—. Hasta hace unos días.

Me dirigió una mirada llena de recelo. ¿Sabía ella también que yo era *muy amiga* de Claudio?

—¿Qué le ocurría? No quería hablar con nadie. Ni siquiera conmigo.

No pude responder.

—Y estaba asustado. Muy asustado. ¿De qué tenía miedo?

La chica rompió a llorar. Raúl le palmeó los hombros con cariño. Esperé unos segundos. La situación era embarazosa y yo no pintaba nada allí. Los dejé abrazados en el pasillo, crucé al salón y salí a la terraza. «Siempre que tome un dry martini piense en mí...» Ahí estaba Claudio, su voz, su letra. La misma letra con la que había escrito «DEL DIABLO». Y la misma voz que ahora retumbaba en mis oídos recordándome: «Debemos protegernos... Han nacido para el mal, ¿entiende?».

Todo empezó en México D.F., una mañana plomiza y densa en la que hasta la propia respiración se hacía insoportable. En realidad yo no tenía por qué encontrarme allí. Había acudido a un congreso, el congreso había finalizado, un montón de obligaciones me aguardaban en Barcelona, pero la noche anterior, impulsivamente, decidí aplazar la vuelta y cambiar mi pasaje. Dejé el hotel y, aceptando la invitación de una amiga, me instalé en su casa, en la calle Once Mártires del barrio de Tlalpan. Durante la semana de trabajo apenas había disfrutado de un momento libre. Ahora yo me regalaba siete días. Y lo primero que iba a hacer era tomar un taxi y dirigirme al centro. Mi amiga, en el portal de la casa, intentó disuadirme. «¿Con este día? ¿Por qué no esperas a mañana y vamos juntas?» No le hice caso y aún ahora me felicito por mi suerte. *Mañana*, quizás, hubiera resultado demasiado tarde. Otras hubieran sido las circunstancias; otros mis pasos. Y nada de lo que ocurrió habría ocurrido.

Subí, pues, a un taxi en Tlalpan, a pocos metros de la casa de mi amiga, indiqué al conductor «Alameda Central» y, una vez allí, me dirigí paseando a la calle Madero. Era mi segundo viaje a México. El primero se perdía sin fecha en el tiempo (¿quince?, ¿dieciocho años?), pero ahora recordaba cómo ya entonces me había sorprendido el silencio. Madero estaba repleta de ambulantes, también los aledaños del Zócalo o el atrio de la catedral, y, sin embargo, lo que se oía era apenas un murmullo, un lejano rumor, un agradable bajo continuo. Parecía un sueño mudo. El copión de una película sin sonorizar. Me sentía a gusto. Entré en la catedral, visité el Museo del Templo Antiguo, compré jabón de coyote y ungüentos milagrosos, dejé que, a cambio de la voluntad, me tomaran la presión unas chicas vestidas de enfermera, me pesé en una báscula, admiré algunos zaguanes coloniales, continué callejeando sin rumbo... Y de pronto lo vi. ¡El diablo!

Estaba apoyado en el morro de un coche, no lejos de su negocio, un pañuelo extendido en el suelo sobre el que exhibía su mercancía. Era alto, muy alto, de piel curtida y brillante, algo rojiza. Tenía los ojos desafiantes y vidriosos. Retrocedí unos pasos. Por nada del mundo quería encontrarme con su mirada, pero tampoco podía dejar de observarlo. Era guapo. Aunque todo en él me repeliera, aunque su visión me provocara el rechazo físico más grande que he sentido en toda mi vida, debo reconocer que respondía a las características de lo que se puede entender por un hombre guapo. Parecía arrancado de una película mexicana de los cincuenta y parecía también que todos los demonios de guiñol del mundo lo hubieran tomado por modelo. Recordé el mío, el títere que tenía en casa, de pequeña, su rostro reluciente, las cejas arqueadas, la sonrisa. Lo reviví arrogante, asomando por la ventana de un teatrillo y, muchos años después, derrotado en el cubo de la basura, manco, con la cabeza desplomada sobre el harapo en que se había convertido su túnica. El diablo de ahora tenía sus cejas, el color de su piel, su brillo. Y seguía allí. Apoyado en el morro del coche, fumando indolentemente, sin abandonar su media sonrisa. El humo, al surgir de la boca, se detenía un rato flotando en el aire. Era un humo infernal, como el de los cromos de mi infancia, como la arrogante sonrisa y los ojos vidriosos. En un momento se incorporó y me admiré de que fuera todavía más alto de lo que había creído. Acababa de alzar el brazo y daba una indicación a su ayudante. Sólo entonces reparé en que tenía un ayudante. Estaba de rodillas junto al pañuelo extendido. Y parecía tonto. Un alma de Dios. Un simple. ¿Cómo sino se prestaba a servir a aquel diablo? Apenas podía abrir los ojos, y con la boca le ocurría justamente lo contrario. Le costaba cerrarla. O no acertaba a hacerlo. Me fijé en lo que vendían. Ídolos, personajes desconocidos en el santoral, demonios... Aparté la vista del suelo y volví al diablo. Había recuperado su posición indolente junto al coche y seguía fumando. Temí de nuevo que descubriera mis ojos fijos en su rostro y me taladrara con la mirada. Pero antes de retirarme, antes de volver la vista al pañuelo y a las burdas réplicas de su persona, comprendí de pronto qué era lo que me había sobresaltado. Su entorno. El diablo iba más allá de sí mismo. Algo emanaba de él. Una especie de aura maléfica que prolongaba sus contornos y me mantenía prisionera como el pájaro que ha sido hipnotizado por la boa, y aunque podía moverme —retroceder— no lograba dejar de observarlo. Pero ¿qué era lo que desprendía, lo que no le abandonaba, aquello que se resistía a fundirse con el denso aire del D.F.? Una nube sutil. Una atmósfera enrarecida. Vicio, pensé. Abismo. Abyección. Tinieblas... Nunca estas palabras, pensadas en mayúsculas, me parecieron tan vanas, incompletas e inútiles. Me encontraba frente a algo que no había visto en toda mi vida. Un diablo mexicano (y ambulante) de cuya media sonrisa surgían impertérritos aros de humo.

Volví a la plaza y alcancé Madero. De pronto sólo deseaba tomar un taxi y regresar al apacible Tlalpan. Pero no lo hice. A la izquierda vi un hotel —Hotel Majestic— y mi propia voz de otros tiempos se dejó oír en el silencio del Zócalo. «En este hotel me gustaría vivir.» Era curioso. No lo recordaba, lo observaba como si lo viera por primera vez —la entrada discreta, el anuncio de una terraza sobre la plaza—, pero esa voz, la mía, me hablaba de que, hacía un montón de años, yo me había detenido precisamente allí. En aquella misma puerta. ¿Lo había hecho? Obedecí a la voz que recordaba lo que yo había olvidado. Entré. El recepcionista me indicó el ascensor. Arriba, ya en la terraza, me sentí a salvo.

Pedí un dry martini, bebí un sorbo y la imagen del vendedor y su triste ayudante apareció ante mis ojos. Ahora los podía revivir a distancia, segura en mi burbuja, admirarme del efecto que me habían causado los ojos llameantes, el brillo de la piel, la media sonrisa. Intenté convencerme. Aquel hombre, aquel desgraciado, no era más que un pobre diablo. Poco importaba que se dedicara a la magia negra o se limitara a vender figuras que se le parecían. Su vida de ambulante tenía que ser dura. Al asistente debía de pagarle la comida y gracias, y los exiguos beneficios del tenderete apenas le alcanzarían para atender a sus necesidades. Alcohol de ínfima categoría, tabaco, mujeres todavía más miserables que él, más desgraciadas. Aunque, a su manera, se le viera radiante, con un gesto de desafío que estúpidamente me había impresionado. Porque, a salvo en la terraza-burbuja (y olvidando la estela infernal que había creído apreciar momentos antes), todo de pronto empezaba a parecerme exagerado, absurdo. Quizás, años atrás, el apuesto vendedor había sido diablo de feria. O charlatán. O titiritero. O actor caído en desgracia. Y consciente de su miseria y de su atractivo había montado un pequeño negocio con el que impresionar a incautos. ¡El diablo que vendía diablillos! En aquellas burdas figuras que reproducían sus rasgos, los infelices veían la prolongación de su oscuro poder. ¿Quién podía resistirse? La puesta en escena era magnífica. Y lo demás —mi desconcierto, la impresión, el susto— se debía tan sólo a lo inesperado. A la altura. A la contaminación. Al bochorno... Un montón de factores.

Pedí otra copa. El camarero asintió con la cabeza y continuó su recorrido con el bloc de pedidos en la mano. Le seguí con la mirada. «Dry martini», oí. Y enseguida: «Muy frío, por favor». Me sorprendió la precisión. «Muy frío.» ¿Alguien temía que le sirvieran un dry martini tibio o a temperatura ambiente? Me fijé en el cliente. Estaba de escorzo y parecía absorto en un montón de folios desperdigados sobre la mesa. Había algo en su aspecto que no me resultó desconocido. ¿El congreso, quizás? No, no era del congreso, sino de antes, de mucho antes. ¿Barcelona? ¿La facultad de Derecho? En aquel momento una hoja se le escapó de las manos y tuvo que volverse para recogerla del suelo. ¡García Berrocal!, recordé de pronto. Y, admirada por haber sido capaz de componer el nombre completo, me acerqué a su mesa.

—Berrocal —dije—. Esto sí que es una sorpresa.

Pero más que una sorpresa era un milagro. Berrocal aparecía como un ángel en el momento en que yo intentaba olvidarme del demonio.

García Berrocal se quitó las gafas de concha y me miró guiñando levemente los ojos. No me había reconocido, eso estaba claro. Pero en un gesto de cortesía (o tal vez únicamente para darse tiempo) hizo ademán de levantarse y de ofrecerme una silla.

—Siéntese, por favor.

Quise ahorrarle el mal trago y le di mi nombre. Como no parecía reaccionar añadí: «Barcelona. Derecho. El bar de la facultad de hace un montón de años». Ahora sí esbozó una sonrisa. Pero hacía ya un rato que la angustiada era yo. ¿Por qué tanta alegría al descubrir a García Berrocal bajo una de las sombrillas del Majestic? Hacía muchísimo que no le veía y si me lo hubiera encontrado en cualquier terraza de Barcelona mi reacción no habría pasado de un saludo cordial, de mesa a mesa. O ni siquiera. Quizás habría disimulado, no lo sé. El diablo, me dije. Todavía estoy bajo la impresión del diablo y hago lo que no debería hacer. Como también, ¿por qué demonios había tenido que ser yo quien tomara la iniciativa? Berrocal y yo nunca fuimos amigos; sólo compañeros. Ni siquiera estudiábamos en el mismo curso. Coincidíamos en el bar, eso era todo. Él con sus amigos de inevitables blazers de botones plateados; yo con los míos, de largas melenas y jerséis de cuello vuelto. Ellos hablaban de finanzas, nosotros de teatro. Pero en alguna que otra ocasión Berrocal y yo habíamos charlado animadamente frente a un café, en la barra. «Los del teatro» le debíamos de parecer exóticos, desprejuiciados, bichos raros objeto de atención. O tal vez se trataba sobre todo de marcarse un tanto frente a los de su grupo. El nuestro tenía fama de círculo cerrado, pero para él, hombre de mundo, no existían impedimentos ni fronteras. Y lo que más me molestaba ahora era que Berrocal se conservara en un estado físico perfecto, mejor incluso que en aquellos lejanos tiempos, y yo, por lo visto, estuviera tan deteriorada que costara un esfuerzo sobrehumano reconocerme. Todo esto lo pensé muy deprisa. O, más que deprisa, a una velocidad vertiginosa. Porque la sonrisa no había desaparecido aún de sus labios cuando oí:

—Ya entiendo. Usted se refiere a Raúl. Y yo soy Claudio. Pero, por favor... —y volvió a indicarme una silla—. Raúl es mi hermano.

Ahora sí me senté. Mi confusión me absolvía del ridículo.

—Sois clavados —dije admirada.

—Eso dicen. Los que le conocieron hace tiempo —se caló las gafas y ordenó el montón de papeles—. Nos llevamos casi veinte años.

Tenía que haberme dado cuenta. El parecido era asombroso, pero era imposible que Raúl, ni nadie de la edad de Raúl, se mantuviera tan fresco. Debería de estar en los cincuenta y pocos. Como yo. Y aquel chico no aparentaba ni siquiera treinta.

—Sí —dije riendo—, era sorprendente, pero por un momento creí que tú, es decir, Raúl... Creí que Raúl había hecho un pacto con...

Me detuve en seco. Él me miró interesado.

—¿Con... el diablo?

Y entonces ya no me pude contener. Le expliqué que estaba aún bajo el influjo de una emoción, de un susto. De un estremecimiento impropio de una mujer hecha y derecha. Que hacía apenas unos minutos, muy cerca de allí, en los aledaños de la plaza, me había puesto a temblar como una niña. Y mientras le contaba los pormenores del encuentro, comprendí la razón por la que me había precipitado a saludar a un antiguo compañero de facultad. Necesitaba liberarme de la impresión. Desahogarme. Repetir en voz alta «¡Qué tontería!». Rebajar el motivo de mi susto con palabras como «desgraciado», «pobre diablo», «títere de feria»... Y eso era precisamente lo que estaba haciendo, no ante Raúl sino ante Claudio, apurando mi segundo dry martini —el camarero, sin molestarse en preguntar, había dejado las dos copas sobre la mesa—, intentando distanciarme de una maldita vez de los ojos vidriosos, la tez brillante, la arrogante sonrisa, del aura infernal o de los aros de humo que se negaban a fundirse con el aire.

—Y eso que a mí el infierno nunca me dio miedo —proseguí—. Ni el infierno ni sus habitantes. Jamás. Ni siquiera de pequeña...

El chico (ahora lo veía así, un chico, un joven con rasgos propios, cada vez menos parecido a su hermano) me escuchaba con atención. ¿Interés? ¿Cortesía? ¿Simple curiosidad? En un momento, sin dejar de escucharme, puso orden en la montaña de folios. Yo me detuve. Acababa de distinguir dos palabras. Y creí comprender que aquel chico de rasgos propios, cada vez menos parecido a su hermano, me estaba tomando el pelo.

—Haber empezado por ahí —dije—. Tú también lo has visto.

Me miró con sorpresa.

—Y me has dejado hablar como una estúpida. No ibas a decírmelo, ¿verdad?

Señalé las hojas del manuscrito.

—Has sido rápido. Pero yo más. Ahí esta escrito: «Pobre diablo».

Claudio García Berrocal se puso a reír. Buscó el folio que había ocultado y me lo mostró. Ahora pude leer con claridad: «Parientes pobres del diablo». Me miró con condescendencia, con —diría incluso— cierta pedantería.

—Una cosa es un pobre diablo, y otra muy distinta un pariente pobre del diablo.

Y como si ya no hubiera nada más que explicar guardó el manuscrito en una carpeta. Me sentí ridícula, ignorante, avergonzada por mi actitud avasalladora. No sólo irrumpía en la mesa de un desconocido sino que, además, me atrevía a mirar de reojo sus papeles. Un atropello.

—No le pega ser amiga de mi hermano —dijo de repente—. No se parecen en nada.

Me encogí de hombros. ¿Era bueno no parecerme a Raúl, a quien apenas conocía? ¿O todo lo contrario y eso explicaba lo bochornoso de mi conducta? Raúl, comedido, peripuesto, enfundado en su eterno blazer, jamás se hubiera comportado como yo lo estaba haciendo.

—Coincidimos en la facultad —aclaré a modo de excusa.

Claudio volvió a sonreír.

—¿Tiene planes para esta noche? Me gustaría invitarla a cenar.

Estaba anonadada. Confusa. Con un montón de preguntas que no acertaba a formular. La atmósfera densa me impedía respirar con normalidad. Me ahogaba. Volví a encogerme de hombros. Y sólo entonces caí en la cuenta de que Claudio no había dejado de tratarme de usted desde que me senté a su mesa. ¿Los «casi veinte años de diferencia»? Cada país, en esta delicada cuestión, tiene sus usos. Pero Claudio y yo veníamos de la misma ciudad, nos encontrábamos en México, yo le había hablado como si nos conociéramos desde hacía tiempo, él acababa de invitarme a cenar, los dos bebíamos dry martini y, sobre todo, se habían dado ya demasiadas coincidencias como para empeñarse en mantener distancias.

—Sería más cómodo que me tutearas —propuse—. ¿No te parece?

—No —dijo.

Y pidió la cuenta.

Claudio me recogió en Once Mártires a las ocho en punto e indicó al taxista el nombre de un restaurante de Coyoacán. Conocía el local. Había almorzado allí un par de veces en los días de congreso, la carta no tenía nada de particular y el servicio era lento. Me sorprendió que Claudio lo hubiera escogido para nuestra cena.

—No le gusta, ¿verdad? —preguntó nada más sentarnos.

Me encogí de hombros. Aquel chico tenía la virtud de desconcertarme. Y yo, ante el continuo desconcierto, no encontraba nada más original que encogerme de hombros.

—Me muero de hambre —dije—. Y tengo algunas preguntas que hacerte.

Él me miró sonriendo.

—También yo.

No quise que me desviara de mis intereses. Entré a saco.

—Esta mañana, en el Majestic, hablaste de ciertos «parientes pobres del diablo»...

—Pero antes de que usted espiara en mis papeles el tema era otro. Me contaba, si no recuerdo mal, que el infierno no le daba ningún miedo...

Iba a protestar, a decirle que mi infierno no tenía el menor interés, a rogarle que pasáramos de una vez a su manuscrito, a la mayor coincidencia o casualidad de la extraña mañana, a la razón, en definitiva, por la que me hallaba allí en aquel momento. Pero no me dio tiempo a hacerlo. Claudio me miró con expresión de niño.

—Por favor —dijo.

Y me encontré recordando el infierno de mi infancia. Un lugar cercano, familiar. Un reino de cuento que no podía producir el menor espanto. Era curioso. Aquel infierno, sepultado en la memoria, resurgía por segunda vez en el mismo día. Primero por la mañana, bajo una de las sombrillas del Majestic, como contrapunto apacible de la impresión que me había causado el feriante, y ahora, de noche, cuando nos disponíamos a cenar en un concurrido restaurante de Coyoacán.

—En el infierno no sucedía nada en particular —dije—. O quizás lo importante del infierno era lo que no dejaba de suceder.

Claudio sacó papel y lápiz. Me pareció exagerado. E inoportuno. Pero ya había empezado a hablar.

—Desde muy pequeña me acostumbré a contemplarlo en sesgo, en sección, como una lámina de geología en la que se distinguen los estratos, los sedimentos, la distinta composición de los materiales. Como los interiores de un derribo...

Ésa era la imagen. Un edificio en demolición. Un derribo. La había sacado a relucir con la probable intención de acabar cuanto antes. Pero lo cierto es que me recreé, tal vez más de la cuenta, en papeles estampados, rectángulos descoloridos, huellas de tuberías, restos de cisternas, azulejos de baños y cocinas... Siempre me han atraído los derribos. Nada me gusta más que imaginar la vida de sus antiguos ocupantes. Inventar su historia, reconstruir lo que ha sido derruido, distribuir las estancias, adjudicar dormitorios y despachos, y colgar —en los espacios descoloridos— cuadros, espejos, fotografías y retratos. Supongo que es un juego compartido. Me cuento entre los ociosos paseantes que pueden pasarse horas contemplando un derribo. Pero hay algo que me impresiona especialmente. Los conductos, las tuberías, las escaleras...

O, mejor, la sombra de antiguos conductos, tuberías y escaleras, descendiendo desde el ático hasta el sótano, unificando pinturas y papeles, destrozando la ilusión de los antiguos inquilinos, de las familias que habitaron en sus pisos y que, tal vez, ni siquiera llegaron a conocerse entre ellas. Aquellas viviendas, que en su momento creyeron únicas e independientes, no eran más que una parte insignificante de una organización superior. De un engranaje.

—En mi infierno —y ahora sí, por fin, contestaba a la curiosidad de Claudio— sucedía algo parecido.

Porque allí estaban también las distintas dependencias, los conductos que unificaban los niveles, los habitantes firmes en sus puestos. Sólo que, en aquella lámina animada, todos sabían que estaban trabajando para todos. Como en una colmena de abejas. La sección de una fábrica en plena actividad. Nunca supe muy bien qué es lo que hacían, pero, cada vez que alguien pronunciaba la palabra «infierno», veía a sus moradores entregados a una laboriosidad constante. Naves subterráneas que se comunicaban unas con otras por juegos de poleas y cadenas; rieles por los que circulaban cubos de agua ardiendo, sacos de carbón, vagonetas de astillas y maderos para que el fuego —ésta era la única finalidad evidente—, situado en las entrañas de la tierra, no se extinguiera nunca. También, como en una fábrica manchesteriana, había clases. Los esforzados diablos de las profundidades iban semidesnudos, sudaban copiosamente y se perdían entre llamas y humaredas. A medida que se ascendía y el calor se hacía más llevadero, se les veía menos atareados, vestidos de negro, y, en fin, en la superficie (desde el punto de vista del infierno) estaban los peces gordos. Iban también de negro, se les veía frescos y relajados, y lucían unas impresionantes capas rojas. Y eso era todo. Muy claro, muy nítido. Muy infantil.

—Delicioso —dijo Claudio después de un silencio.

Arrugó el papel. No había tomado una sola nota.

—Y efectivo. Jamás en el colegio lograron asustarme.

—Sin embargo, esta mañana...

Lo hice. Volví a encogerme de hombros. Pero esta vez no me importó lo más mínimo.

—Ahora te toca a ti —dije.

Y agotada por la longitud de mi discurso —¿por qué no me había limitado a despachar el tema en un par de frases?— me dispuse a escuchar. Claudio pidió dos copas, recordó al camarero que estábamos esperando la carta y me miró fijamente, con un brillo especial en los ojos. Tuve la sensación de que sólo entonces empezaba la noche.

—Quedamos en que una cosa es un pobre diablo y otra muy distinta un pariente pobre del diablo. Olvídese del desgraciado del Zócalo. De su rostro reluciente y sus cejas arqueadas.

Bajó el tono de voz y adelantó la cabeza.

—Los otros, los verdaderos parientes, no tienen por qué distinguirse ni de usted ni de mí.

Ahora fui yo quien adelantó la cabeza.

—Ellos ignoran lo que les ocurre. En el fondo son dignos de lástima.

Miró a derecha e izquierda y bajó aún más el tono de voz.

—Pero debemos protegernos. Han nacido para el mal, ¿entiende?

—Sí, claro —dije.

¿Estaba rematadamente loco Claudio García Berrocal? La irrupción del camarero me permitió unos instantes de respiro. Sólo unos instantes. Enseguida nuestras cabezas volvieron a reunirse en el centro de la mesa.

—Viven aquí, entre nosotros. En su casa —y subrayó misteriosamente *su casa*— no los quieren.

Sentí un estremecimiento. El vendedor ambulante —grotesco, inofensivo, folclórico— había quedado olvidado definitivamente en el Zócalo, y en su lugar unas figuras borrosas, sin rasgos ni características definidas, revoloteaban ahora en torno a la mesa.

—Es difícil detectarlos, pero no imposible. Se necesita paciencia y constancia. Y a menudo son ellos los que terminan por delatarse. Recuerde: «Por sus obras les conoceréis».

A partir de ahí todo, de nuevo, como por la mañana, sucedió muy rápido. Pero ahora no era yo quien intentaba narrar a un desconocido un cúmulo de sensaciones. Claudio seguía hablando y las condiciones o particularidades de todo pariente pobre del diablo se me aparecieron enseguida claras y diáfanas. El infierno ya no era sólo una lámina coloreada y cortada en sesgo mostrando la actividad frenética de sus moradores. Las clases, las diferencias sociales, iban más allá del trabajo desempeñado. Del lugar o la distancia con relación a la superficie. De que vistieran capa roja o fueran semidesnudos, agobiados por el humo, con los rostros tiznados sobre los calderos o las espaldas encorvadas por el peso de los leños. Ahora veía sus mentes. Inteligentes, rápidas, sagaces. Diabólicamente activas, preclaras, ingeniosas. Maquinando sin tregua, gozando del mal, inmersas en un torbellino de ideas y planes, reunidas en cónclaves en los que no hacía falta hablar, asaeteándose con nuevas iniciativas y propuestas. Salvo unos cuantos. A éstos les costaba más rato que a los otros entender, participar, seguir el ritmo vertiginoso. Eran un agobio, una rémora, una molestia.

—Por eso están entre nosotros —repitió—. En su casa —y ya no hacía falta precisar cuál era su casa— no los quieren.

Pero todo en la vida es relativo. Lo que en el infierno puede resultar torpeza, aquí, en el mundo, se convierte en sagacidad. Los parientes pobres, expulsados a su pesar de su lugar de origen (algo que no recuerdan, pero íntimamente añoran), convertidos en mortales, se mueven por la vida disgustados e inquietos. Son más inteligentes que la media. Astutos, brillantes, a menudo, incluso, encantadores. Muchos, deslumbrados por sus habilidades, les creen genios, y ellos, halagados, intentan aferrarse a esa convicción. Pero nada les basta. Su orfandad les traiciona. En me-

dio de un sueño, de una pesadilla, despiertan sobre-
saltados sospechando que en otro lugar, en otro momento, «no dieron la talla». Terrible verdad, pero
¿cómo aceptarla? Fingen —y eso lo aprendieron allí,
en su lugar de origen— todo lo contrario de lo que
son; es más, puede que algunos lleguen sinceramente a creer en su propio engaño. Su vida, por tanto,
está llena de dobleces. De insidias, de marañas, de re-
torcidas maquinaciones, de malentendidos... Siempre
a su favor. A veces se tarda bastante en descubrirlos
(son hábiles, no lo olvidemos) o, simplemente, no se
les descubre nunca.

—Su destino es el mal y aunque es cierto que ese
mal torpón, el único que son capaces de practicar, allá,
en su casa, sería motivo de desprecio o burla, aquí todavía resulta efectivo. Son diablos de tres al cuarto. Parientes pobres... Pero diablos al cabo, no lo olvide.

No sé cuántas veces más apareció y desapareció el
camarero ni puedo recordar lo que comimos y bebi-
mos durante la cena. Una luz acababa de prenderse
en mi interior y las figuras indefinidas que antes re-
volotearan en torno a la mesa adquirieron de pronto
rasgos reconocibles y precisos. Y eso no fue todo.
Con la misma rapidez desfilaron sobre el mantel situaciones de mi vida que había arrinconado en la
memoria por absurdas e incomprensibles. Hechos
puntuales. Episodios inexplicados. Amistades rotas.
Proyectos fracasados. Pasajes borrosos. Malentendidos. Sí, terribles malentendidos de los que yo no
había salido precisamente bien parada. Y... veneno.

Eso era exactamente. Veneno. Algunos de aquellos rostros, hermosos, apacibles, seductores, destilaban —ahora me daba cuenta— veneno. Empezaba a comprender. Eternamente insatisfechos, compelidos a perjudicar al prójimo, a no perder jamás, a enmarañar situaciones. Siempre a su favor. Saldo positivo para sus intereses. Así eran ellos. La estirpe de «los parientes pobres del diablo». Tanto más peligrosa que cualquier otra por no distinguirse en apariencia «ni de usted ni de mí». O porque ni siquiera ellos mismos «saben lo que les pasa». O porque, en fin, no tienen limitaciones o cargas como los vampiros, ni nacen con señal alguna que los identifique, como los infelices inmortales del lejano y terrible Luggnagg de Jonathan Swift.

—Magnífico —dije cuando ya en el comedor apenas quedaban tres mesas—. Pero no se te ocurra ir contándolo por ahí.

Claudio me miró con sorpresa.

—Has encontrado un filón. Un tema espléndido. Y no sería raro que te pisaran la idea. Aunque sólo fuera para un artículo. «Parientes pobres del diablo.» Suena muy bien.

Ahora yo me sentía experta, resabiada, dispuesta a colaborar en la medida de lo posible con mis consejos. Y feliz. Hacía tiempo que nadie me embarcaba en su mundo con la habilidad y el arte de García Berrocal. Recordé los días de congreso, las lecturas de los autores, las charlas... Ninguno de los ponentes podía comparársele. No sabía aún cómo escribía Claudio ni en qué consistía exactamente la trama de lo que se llevaba entre manos. Pero el tema era potente. Una llave que revelaba pasajes oscuros y olvidados de cualquier lector. Una forma nueva de explicar la vida.

—¿Qué será? —pregunté—. ¿Una novela? ¿Un cuento? Claudio me fulminó con la mirada.

—Es un estudio. Una tesis.

Imaginé a Claudio leyendo *Parientes pobres*... ante un circunspecto tribunal y dudé entre ponerme a reír a carcajadas o huir despavorida. García Berrocal volvía a parecerme un loco, un iluminado, y yo estaba buscando mentalmente cualquier excusa para regresar sola a Tlalpan. Sería difícil. Iluminado o paranoico, aquel chico era cortés. Me acompañaría quisiera o no. Y también demasiado despierto para no adivinar, en el caso de que me decidiera a seguirle la corriente, todo lo que estaba pasando por mi cabeza. Me puse a reír. Unos segundos más tarde de lo razonable. A destiempo. Como el espectador de una película que sigue los diálogos por los subtítulos.

—Una tesis que no aspira a ningún grado académico —prosiguió— ni someteré jamás a la aprobación de un tribunal. O, si prefiere, un ensayo.

Y casi enseguida, en un falso tono de inocencia:

—¿Es usted lectora de ensayos? ¿O se limita exclusivamente a la ficción?

Me estaba llamando idiota. A las claras. Y en el fondo lo tenía bien merecido. Claudio me había regalado una noche insólita y yo le pagaba con una risa a destiempo.

—Dejémoslo —dije únicamente.

Era tarde. Los camareros empezaban a apilar sillas y a apagar lámparas. Nos pusimos en pie. Apenas quedaban un par de mesas.

—No son cuentos —insistió, pero ahora volvía a parecer un niño—. Y usted lo sabe. Hace un rato la adiviné hurgando en sus recuerdos. Déjese de prejuicios y atrévase a afrontarlo. Aunque no lo entienda.

Le sonreí. Había decidido seguir su juego.

—Mañana invito yo —propuse, y él no se sorprendió de mi iniciativa—. Tendrás una segunda oportunidad para convencerme.

Y en un tono tal vez demasiado alto recité:

—¡Parientes pobres del diablo!

Claudio se llevó el dedo a los labios, me ayudó a ponerme la chaqueta y susurró:

—En adelante PPDD.

Y como si acabáramos de sellar un pacto que me convertía en socia, colaboradora o secretaria, sacó un cuaderno del bolsillo y me lo entregó sonriendo. Lo abrí. Tal como suponía las hojas estaban en blanco.

Los PPDD nacen; no se hacen. He aquí la premisa fundamental, aunque también el principal escollo. ¿Cómo distinguir un auténtico PPDD de un simple imitador o un émulo?

El pariente nato se ve compelido al mal, cierto. La inclinación está en su naturaleza. Pero no todos la desarrollan en igual medida, ni a la misma edad, ni cosechan parecidos resultados. Puede darse el caso (aunque muy raro) de legítimos PPDD que no hayan tenido la ocasión de cometer una sola iniquidad en toda su vida y mueran, por decirlo así, sin estrenarse. El entorno —factor de extrema importancia en el desarrollo de inclinaciones y poderes potenciales— ha sofocado sus instintos o, más raro aún, no les ha ofrecido el menor resquicio para manifestarse. Puede ocurrir también que falsos PPDD (admiradores, émulos, aprendices) se comporten como si fueran verdaderos. Eso ya es más común. Los parientes legítimos, en pleno uso de sus facultades, brillantes, envidiados, acostumbrados a vencer, suelen arrastrar tras de sí una pequeña cohorte de incondicionales. Son escuderos. O, si se quiere, valets de chambre. *Seguidores confesos que cierran filas en torno a sus maestros, desacreditan a todo aquel que no comparta su fascinación y contribuyen, con su entrega, a agigantar el poder de los titulares y a propagar la onda nociva de sus actos. Pero que nadie vea en todo esto una rebaja de su peligrosidad ni menos aún de su valía. Algunos, miembros destacados en sus profesiones, no necesitarían de esa adhesión para triunfar en sus empresas. Pero escogen el camino más directo. Imitar a su ídolo. Difundir, como él, especies venenosas, descalificar al contrincante, crear líos, equívocos, telas de araña. Y salir indemnes como sus modelos.*

No todos lo consiguen. El problema de los epígonos nace de su misma condición. Sólo son epígonos. A lo más, aprendices aventajados. Y aunque conviene guardarse de ellos y mantenerse a distancia, no revisten la peligrosidad de los auténticos. Su propensión al mal, por otra parte, suele resultar pasajera. Pecado de juventud, en muchos casos. Indefiniciones de carácter. Exceso de admiración. Idolatría. Toma de partido, sin fisuras, por

aquellos a los que creen genios. Gran parte de esta falsa paren-
tela termina reformándose con los años. O se conforma con lo-
gros de poca monta y se retira. O el propio maestro —cuya ten-
dencia al mal es incontenible—, un buen día, sin otra razón que
su soberbia, aparta a los más fieles de un zarpazo. Los auténti-
cos PPDD no saben de lealtades ni agradecimientos (para em-
pezar, apenas saben nada de sí mismos). Por eso su círculo de
amistades es cambiante y algunas de sus víctimas (amigos, va-
lets o antiguos escuderos) se lamentarán, aunque demasiado
tarde, de los años malgastados en su compañía. Porque —en el
caso de los valets y los escuderos— nada podrán —lo saben—
contra el que fue su ídolo. Y recordarán la larga lista de dam-
nificados —a cuyo deshonor contribuyeron con sus chanzas— de
la que pasarán en breve a formar parte. Y como algo han apren-
dido en ese tiempo (además de remedar las acciones de los jefes
y extender su perniciosa área de influencia) se descubrirán per-
didos sin remedio. Contraatacar sería un suicidio. Los PPDD,
amén de muchas habilidades, poseen la notable oportunidad del
escaqueo, resultan escurridizos como anguilas y se las ingenian,
sin dejar la menor huella, para alterar, en un abrir y cerrar de
ojos, la disposición de las fichas de un tablero. Siempre salen in-
demnes, ya se ha dicho. Y los que se les enfrentan, abatidos. Los
parientes pobres se sirven de las situaciones como boomerangs.
Nadie les iguala en su manejo. Y a los ojos del mundo —que no
sabe de su origen ni del carácter extraordinario de sus artes— son
las víctimas ocasionales, precisamente, quienes cargan con las
taras morales del verdugo. Nada más fácil para un PPDD.
Desacreditar, ridiculizar, quitarse de delante a los que le moles-
tan. Y disparar con certera puntería el arma que mejor domi-
nan: la palabra.

No es que sean excelentes oradores. Lo son en general, pero no siempre. Puede que algunos arrastren torpemente ciertas letras, no controlen el tono de su voz y seseen —o ceceen— sin venir a cuento. El arte de Sherezade, sin embargo, no tiene secretos para ellos. Saben cómo seducir, embaucar, mantener la atención y, sobre todo, dar con la dosis precisa de veneno y soltarla en el aire en el momento exacto. A su manera, pues, resultan invencibles. En la palabra y también en el silencio. Nadie como ellos para callar cuando no deben, omitir hechos, silenciar nombres, contribuir al error o la injusticia y jubilar o desterrar con su mutismo a todo aquel que pudiera hacerles sombra.

Son así, no pueden evitarlo. Marrulleros, arteros, maliciosos. Lo llevan en la sangre. Como también el especial encanto —sin el cual nada de lo anterior se entendería— que irradia su presencia y les hace tan temibles. Nacieron así. No es mérito ni culpa. Pero sufren. Nada les sacia ni nunca son felices. Y es ahí por donde se les pilla fácilmente. En la constancia de sus dobleces, en la insistencia de sus taimados ataques, en la insatisfacción vital que no les abandona y (para los que compartan su intimidad y su lecho) en ciertas noches agitadas en las que añoran lo que no recuerdan.

(Hasta aquí el resumen —incompleto— de mis primeras conversaciones con C.G. Berrocal.)

Volví a cenar con Claudio. Al día siguiente, al otro y también la última noche ante de abandonar el D.F. En realidad no hice otra cosa que cenar con

Claudio. Mi amiga, vencida su inicial sorpresa, se comportó como una anfitriona comprensiva. Yo, desde el primer momento, como la peor de las invitadas. Me sentía en falso e inventé una excusa. Una media verdad plagada de mentiras. García Berrocal, antiguo compañero de facultad, estaba preparando una tesis de licenciatura. No es que García Berrocal, que tenía mi edad, fuera un retrasado, ni tampoco que retomara ahora estudios abandonados hacía tiempo. Berrocal, después de Derecho, había estudiado Literatura y Filosofía y unas cuantas carreras más, y el caso era que, al encontrarnos por pura casualidad en el último piso del Majestic, me contó que se había quedado bloqueado y terminó pidiéndome que le ayudara. Su tesis (decidí) versaba sobre el Infierno. El Bosco, Dante, Swedenborg... (mi voz sonó tan firme que yo misma me quedé sorprendida). Estaba haciendo un bonito trabajo y el hecho de confesar sus dudas en voz alta le iba muy bien para recuperar el hilo. Por lo demás era un tanto obsesivo y un poco pelma. Pero no podía negarme, ¿lo entendía? Y para dar mayor verosimilitud a mi relato hice una descripción de Raúl (tal vez demasiado detallada) en la que no olvidé su antiguo blazer y sus aires corteses y mundanos.

Fue una solemne tontería (¿de qué estaba intentando protegerme?), pero cumplió su cometido. Me liberó de culpa. Y con la mayor desfachatez del mundo convertí la casa en un hotel y me transformé en un huésped invisible. Por las noches cenaba con Claudio y un par de mañanas, por lo menos, regresé sola al Zócalo en busca del ambulante. No lo vi nunca más. No tuve suerte. El pobre diablo que tanto me impresionara se había esfumado como por ensalmo. Y no sólo él. Las calles, ahora, aparecían vacías de vendedores y tenderetes, de pañuelos extendidos en el suelo, de remedios contra el reuma o la jaqueca, de paliacates de colores, de básculas, de ídolos. «Limpiaron la zona», me informó mi amiga. «Lo hacen a menudo. Hasta que ¡zas!, vuelven a aparecer.» ¿De qué me sorprendía? Nada más inseguro que un ambulante. Pero me hubiera gustado ponerme a prueba y quizás (si lograba resistir su mirada) comprarle alguna de aquellas figurillas que se le parecían. Pura curiosidad, supongo. O agradecimiento. En el fondo aquel desgraciado me había conducido hasta Claudio.

—¿Por qué no le invitas a casa? —dijo inopinadamente mi amiga el último día de mi estancia en México—. A ese tipo de la tesis. García Berrocal. Podríamos cenar los tres.

—No te gustaría —respondí tajante.

Ya era tarde. No podía desdecirme. Ella esperaba a Raúl y yo había quedado con Claudio. Además, al día siguiente regresaría a Barcelona, y algo, dentro de mí, me aconsejaba apurar el tiempo. ¿Volveríamos a vernos alguna vez después de aquella cena? Parecía improbable. Nuestro encuentro tenía un marco: México. Y un plazo improrrogable que acababa esa noche. Hay relaciones que no soportan un cambio de escenario y la que me unía a Claudio tenía todo el aspecto de contarse entre ellas. No me veía en Barcelona hablando de nuestros PPDD. En realidad, *no veía a Claudio en Barcelona*. Es más, ¿quién era Claudio? ¿Qué hacía en México? A estas alturas sabía más de la tesis que del autor. Aunque quizás no había mucho que averiguar. Claudio era el hermano de Raúl, un viejo conocido. Y «Parientes pobres del diablo» un ocasional nexo de unión, tan intenso como efímero, del que, a lo sumo, conservaríamos un buen recuerdo.

—Quería ponerme a prueba —le comenté en la cena—, pero no ha podido ser. El diablo del Zócalo ha desaparecido.

—También usted desaparece mañana.

Aproveché la ocasión.

—Y tú, ¿qué vas a hacer tú?

Sobre la mesa flotaba un aire de despedida. Me gustó pensar que a Claudio le entristecía la situación. Nos habíamos acostumbrado el uno al otro. A cenar juntos, a vernos a diario, a conversar.

—Me quedaré aquí algunos días. Después, ya se verá. No tengo planes.

No pregunté más. Tampoco Claudio parecía dispuesto a hablar de sí mismo.

—La echaré en falta —añadió. Y enseguida, como absolviéndose de su debilidad—: ¿Le gusta el restaurante?

Esta vez no me encogí de hombros. ¿Para qué mentir? En este punto nuestros gustos divergían. Yo me inclinaba por lugares anónimos. A Claudio, en cambio, como pude comprobar desde el primer día, le arrebataban los locales de éxito con una clientela fija y definida.

—Forma parte de un itinerario —explicó condescendiente—. De un baño urbano. Mire a su alrededor. ¿Qué ve?

—Artistas —dije sin mirar—. O gentes a las que les gustaría ser tomadas por artistas. Pintores, escritores, actores...

—¿Y no se siente a gusto?

No esperó mi respuesta. Acercó su cabeza a la mía y susurró.

—Es un hervidero. Fíjese bien.

Hice como que miraba de reojo.

—Sí, pero... ¿cómo distinguir un titular de un simple émulo?

Claudio sonrió satisfecho. Sus lecciones no habían caído en saco roto.

—Limítese a disfrutar del ambiente. Y conténtese con saber que estamos rodeados. El arte y la fama. A *ellos* les arrebata la fama.

Bajó el tono de voz:

—Y al estar perennemente en primera línea, al hacerse público el menor de sus gestos, un día u otro terminan por delatarse. Pero no se haga ilusiones. En otros contextos resulta mucho más difícil detectarlos. En las finanzas, por ejemplo. ¿Conoce usted el mundo de las finanzas?

Negué con la cabeza.

—Cambie fama por poder, recuerde que carecen de escrúpulos e imagine todas sus astucias al servicio de un inconfesable objetivo. Y no olvide que un imperio no tiene por qué tener cabeza visible.

Miré el reloj. Al día siguiente tenía que levantarme temprano. Pero no quise retirarme sin saber cuándo y cómo había nacido la idea que le obsesionaba. Busqué mentalmente la palabra. Descarté «idea», también «ocurrencia». «Revelación» se me presentó como excesivamente pretenciosa.

—¿Cuándo empezaste con todo esto? —pregunté al fin.

Ahora fue él quien se encogió de hombros.

—Un día se me hizo la luz —respondió al rato.

Claudio, como siempre, me acompañó en taxi hasta Once Mártires, bajó del coche y se despidió en la puerta. Escribí mi número de teléfono en un papel. Él no se molestó en darme el suyo.

—La llamaré —dijo únicamente.

¿Se reconocen los PPDD entre ellos? ¿Se hacen amigos? ¿Suelen asociarse y multiplicar los efectos dañinos de su ingenio?

No resulta tan fácil, por fortuna. Un PPDD puede ver en otro rasgos muy parecidos de conducta, pero como nada sabe de su origen (y desconoce el parentesco que les une) lo más probable es que lo trate con respeto, lo adule incluso y, al tiempo, se guarde de él y tome sus distancias. Esto no quita que, en ocasiones, si accidentalmente sus intereses coinciden, se unan en la defensa de sus fines. Asociaciones puntuales, acuerdos efímeros, complicidad pasajera. Los auténticos PPDD (de los epígonos ya no nos ocupamos) son individualistas en extremo. Y poseen una percepción primigenia que les indica siempre dónde se encuentra el riesgo. Por eso nada más detectarse mutuamente, lo primero que hacen es medir sus fuerzas. Se observan, se estudian, se tantean. Y como se conocen bien (aunque lo ignoren) nunca llegarán a un verdadero cuerpo a cuerpo. El combate, pues, antes de producirse, se salda ya de entrada con empate. Queda en tablas. O eso es lo que creen. Porque el grado de habilidad o propensión maligna no es el mismo en todos los integrantes de la estirpe. Pero son cobardes. Sospechosamente precavidos. No arriesgan; van sobre seguro. Y la consigna frente a sus iguales es, por lo que pueda ocurrir, «estar a buenas».

En cierta forma, pues, se reconocen. O intuyen el peligro, que es lo mismo. Y, aunque no lleguen a intimar jamás entre ellos, no se permiten errores en su trato. Se respetan y admiran (a distancia). O lo fingen (arte en el que son maestros). Todo antes que una confrontación directa o exponerse a ceder en sus terrenos. Ahora bien, ¿vale lo dicho para las relaciones entre sexos?

Porque, al igual que íncubos o súcubos, los parientes pobres tienen sexo. Unos nacen machos; otras, hembras. Y bien puede ocurrir que, en un momento, surja entre ellos una atracción irresistible. Puede ocurrir y, de hecho, ocurre. Se descubren encantadores, rápidos, ocurrentes. Pero a la fascinación de los primeros días sigue sin excepción un íntimo abatimiento. La sensación de orfandad (ahora compartida) se acrecienta; la añoranza de otro lugar y otra posible vida deviene insoportable. Pero, sobre todo, entra de nuevo en escena la sospecha. No siempre fueron así. Brillantes, envidiados. Hubo un tiempo en que su valor fue puesto en duda. No estuvieron a la altura de lo que se esperaba. Pero ¿dónde sucedió? ¿Cuándo? ¿En qué circunstancias? Y aunque no verbalicen sus recelos optan por romper el irritante espejo. Son relaciones que no tienen futuro. Y por fortuna tampoco descendencia. Los PPDD, entre ellos, no procrean. Son, ante un igual, estériles como mulas. Sabia disposición de la naturaleza, porque, aunque los genes PPDD no se transmitan, duele imaginar lo que sería la vida hipotética de unos hijos al cuidado de semejantes progenitores.

Nadie, pues, puede descender de un PPDD por partida doble. Pero sí de un varón o una mujer de estas características. Nadie tampoco (por la misma lógica) está libre de traer al mundo una criatura de la perniciosa estirpe. Y es aquí, en esa imprecisión fatídica, en la cruel dictadura del azar (o de la mala suerte), en los caprichos inexplicados de la biología, donde radica parte de su poder y muchas de sus particularidades. Nacen en el seno de los hogares más diversos, en cualquier país y en cualquier continente, y como no ostentan sello alguno que hable de su hermandad (o de su diferencia), no forman cofradías y suelen evitarse, resulta casi impensable contemplarlos como casta.

Pero lo son. Casta, estirpe, variedad formada dentro de una especie. Raza. Aunque sus caracteres no se transmitan por herencia. Están aquí, entre nosotros. Y son muchos.

(Siguen apreciaciones —apresuradas— sobre el eventual carácter PPDD de la azafata. Descripción de la misma. Fecha del vuelo —Boeing 747 México-Barcelona— y una anotación a lápiz: «Enseñárselo a Claudio en Barcelona».)

Nos vimos en Madrid. Un par de veces. Y al cabo de unos meses en Granada. Por una extraña razón, tal vez sólo un capricho, no le apetecía quedar en Barcelona. No hice demasiadas preguntas. ¿Para qué? Apenas sabía nada de su vida, y Claudio, en honor a la verdad, tampoco parecía interesado en conocer la mía. Ésa fue quizás la clave de la continuidad, la condición para que siguiéramos encontrándonos. Fuera de nuestra ciudad. De nuestro círculo de amigos. Siempre de viaje.

Las citas, programadas por Claudio, respondían invariablemente al mismo esquema. Llamaba por teléfono, se interesaba por mis proyectos inmediatos, me adelantaba los avances de su estudio, anotaba mi calendario y me aseguraba que lo haría coincidir con el suyo. Su disponibilidad era notable. Aparecía allí donde estuviera con una gran sonrisa y el nombre de un restaurante anotado en la agenda. Si aquella noche tenía yo un compromiso, quedábamos para almorzar al día siguiente. Nunca regresábamos en el mismo avión. Claudio aprovechaba los desplazamientos para su trabajo de campo. Ahora visitaba conventos, ermitas y seminarios, y se interesaba seriamente por el santoral. La novedad −como me haría notar con insistencia− no suponía un cambio de objetivos, pero sí una ampliación de indiscutible importancia. En las vidas de santos había encontrado una mina. Una auténtica concentración de parientes pobres, arrogantes en su aparente sufrimiento, ambiciosos, soberbios... Ahora estaba en ello. En la santidad. Y después acometería el estudio de ciertos personajes de la historia, cuyo poder e influencia sólo podía entenderse desde una perspectiva PPDD. ¿Y más tarde? Me permití una advertencia. Temía que se estuviera dispersando. Pero se le veía eufórico y feliz. Seguro de avanzar por el buen camino.

—Debemos aprovechar las enseñanzas del pasado —dijo—. No se eche atrás. Estamos en la pista.

Seguía tratándome de usted. Ya me había acostumbrado. Pero en los restaurantes que ahora frecuentábamos —pequeños, silenciosos, más acordes con sus nuevos objetos de estudio— no pasábamos tan desapercibidos como en México. A menudo nos miraban de reojo con cierta sorna. Un joven y una mujer madura. Si aguzaban el oído no tardaban en matizar la idea. Una profesora y un alumno. Casi enseguida volvían a mirar desconcertados. Yo, la supuesta profesora, escuchaba atentamente las lecciones de mi alumno. Terminaban por olvidarnos; siempre ocurría igual. Y el silencio de sus mesas contrastaba con la animación de nuestras conversaciones. En una de esas noches Claudio se interesó súbitamente por mis apuntes.

—¿Qué ha hecho de la libreta que le regalé? Me gustaría saber qué es lo que ha escrito.

—Nada que no me hayas contado tú. Es sólo un resumen.

No se la había mostrado todavía. Me preguntaba si valía la pena.

—Un resumen —dijo interesado—. Siento verdadera curiosidad por leer *su* resumen.

Me acordé de los días de México D.F. Del híbrido Claudio-Raúl que inventé ante mi amiga. Un hombre bloqueado en su trabajo que necesitaba de mí para seguir adelante. No me había equivocado en mis sospechas. Claudio se estaba dispersando. Y, aunque él no lo supiera aún, empezaba a perderse en su entusiasmo.

Los PPDD —sin que exista una razón clara que lo explique— suelen llegar a viejos en envidiables condiciones físicas. Se diría que la constante tensión en la que habitan, la voluntad de maniobra, intriga o fingimiento, lejos de deteriorar su salud, la fortalece. Pero la longevidad es un arma de dos filos. Lo que no ataca al cuerpo, daña el alma. Y en los conventos, monasterios u órdenes de clausura —cuna de santos y, en buena medida, de parientes pobres—, la proverbial duración de los profesos rompe estadísticas y establece marcas propias.

Volvemos aquí a la importancia del entorno (véase el párrafo dos de este cuaderno). Factor definitivo en el desarrollo de inclinaciones y poderes, y no menos relevante a la hora de prescribir dietas, costumbres, horas de sueño o calidad de vida. No es lo mismo trasnochar sin tregua, alimentarse con desorden —o beber y fumar sin medida— que llevar una existencia pautada, comer sanamente y permanecer ajeno a los problemas del mundo circundante. Eso es lo que ocurre en los conventos. Gracias a la

templanza y mesura de sus hábitos —comida frugal, ayuno, si-
lencio, austeridad y recogimiento— frailes y monjas suelen con-
servar el cuerpo en saludable estado más allá de la edad en
que, por promedio, la mayoría empieza a sufrir achaques. Pero no
debemos engañarnos con su suerte. El derroche constante de ener-
gía termina por alcanzar seriamente sus cerebros. Y aunque en
apariencia sigan aquí, en el mundo de los vivos, hace tiempo que
pertenecen de pleno al de las sombras. Pero sus desarreglos men-
tales no trascienden. Las comunidades de las que forman parte,
escudándose en el secretismo de los claustros, impiden que sus
delirios se divulguen. Y al igual que ocurre en otros ámbitos —con-
sejos de ministros, discípulos de famosos pensadores, o herederos
de celebrados artistas que han atesorado no poca fortuna con sus
obras— se erigen en muros infranqueables, únicos portavoces e in-
teresados filtros o cedazos. Transforman, así, ininteligibles balbu-
ceos en sesudas sentencias y convierten exabruptos de viejos cas-
carrabias (su singular mal carácter se agudiza con los años)
en crípticos dictámenes que darán lugar a estudios, a análisis,
a controvertidos juicios y a citas obligadas. Éste es el fin que
aguarda (en general) a los parientes pobres que han escogido el
poder espiritual como meta de sus vidas. Patéticos recordatorios
de lo que un día fueron, sombras recluidas en la estrechez de sus
celdas, a merced exclusiva de los caritativos miembros de la or-
den, que viven en la fe, pero, asimismo, no ignoran las ventajas
que conlleva contar con algún santo entre sus filas. Los PPDD,
llegados a este estado, han perdido la capacidad de reacción y
disimulo. Dicen cualquier cosa (lo que piensan), se muestran an-
gustiados e irritables, y revelan, en sus delirantes parloteos, incon-
fesables argucias y estrategias. Siempre fue así. Pero nunca como
ahora tuvo la santidad tan poco mérito.

Las canonizaciones actuales no interesan. Desaparecida la figura clave —aquel advocatus diaboli *de tan grato recuerdo—, la controversia brilla por su ausencia, y se reparten títulos de santo y de beato como quien regala estampas a la puerta de una iglesia. Debemos, pues, centrarnos (en aras del estudio) en el feliz periodo comprendido entre 1587 y 1983. Dichosos tiempos en que los implacables abogados (conocidos también como* promotores fidei) *oponían vicios a virtudes, desmontaban argumentos y exigían pruebas. No era fácil burlar sus ojos vigilantes. Ni colar como presuntos candidatos a monjas ignorantes, frailes milagreros, reyes poderosos y crueles, o damas de alcurnia acostumbradas a distribuir las migajas de su almuerzo y a practicar la penitencia en días de especial aburrimiento. Pero ni los más grandes santos entre los santos (algunos, en verdad, hombres piadosos) se libraron de las insidias y objeciones de los promotores de la fe. De los abogados del diablo.*

Aquéllos sí eran procesos animados —distantes años luz de los actuales nombramientos— en que las partes enfrentadas no ahorraban esfuerzos en defender sus posiciones. Juicios trepidantes que, en muchos casos, llegaron a rozar la violencia. E independientemente del veredicto final —«Procede» o «No procede»—, testimonios de inapreciable valor para, hoy en día, detectar la presencia de taimados PPDD en los altares. Suponiendo (es sólo una suposición) que los insignes abogados del diablo no mintieran.

Porque nada impide aventurar que, entre los honestos y rigurosos acusadores, se hubiera infiltrado (ahí también) algún que otro miembro de la maliciosa estirpe. Si eso llegó a ocurrir, no lo sabremos nunca. Sus vidas, por desgracia, no están documentadas. Nadie se ha tomado el trabajo de fiscalizar a los fiscales.

111

Y tampoco vale aquí presumirles aviesas intenciones. Privar de la santidad a quien ostenta méritos. O —eludiendo pruebas, silenciando vicios— subir a los altares, como burla, a gentes sin ningún merecimiento. Pensar así equivaldría a atribuirles una elaborada línea de conducta, una patente intencionalidad de guasa al servicio de un amo poderoso. Y los PPDD —no lo olvidemos— ignoran lo que son, no tienen amo, ni reconocen otra voluntad que sus propios intereses.

(Sigue fecha y una acotación al margen: «¿Adónde quiere llegar?». Y más abajo: «El cuento de nunca acabar... Me estoy hartando».)

La noche que nos vimos en Granada, Claudio apareció con el rostro desencajado. Llevaba una camisa con los puños rozados, no se había afeitado en dos días y parecía ausente. No quiso hablar del estado en que se encontraba su trabajo. Desechó la idea con la mano como quien aparta una mosca. Tampoco mostró el menor interés por los apuntes que, esta vez, había tenido la previsión de llevar conmigo. Miró el cuaderno con absoluta indiferencia y me lo devolvió sin molestarse en hojearlo. Bebió copiosamente. Demasiado. Pero no llegó a emborracharse. A medida que consumía copa tras copa sus ojos se convertían en la más viva expresión de la tristeza. «Estoy cansado», dijo. Pero más que cansado parecía enfermo.

—¿Algún problema... personal? —pregunté.

Y me arrepentí enseguida. Todos los problemas son personales. Claudio hizo un esfuerzo por sonreír. Pero no dijo nada. Se limitó a picotear con desgana unas hojas de lechuga. Nunca le había visto así. ¿Qué le ocurría? La idea de que acababa de sufrir un desengaño se fue abriendo paso en aquella mesa plagada de silencios.

—Si quieres hablar... —insistí aún.

Tenía que tratarse de eso: un desengaño. Apenas sabía nada de su vida, pero a lo largo de la mía —esos veinte años que nos separaban— había aprendido a detectar el mal de amores con escaso riesgo de error. A tiro hecho. En el caso de mi amigo no tenía mérito. Claudio presentaba todos los síntomas. Intenté apartarle de pensamientos sombríos. Si no hablaba él, hablaría yo. De cualquier cosa. Y como el día en que nos conocimos en la terraza del Majestic, no le di respiro. Recordé de pronto una película maravillosa que le recomendé encarecidamente. Después un libro. Enseguida un nuevo bar que acababa de descubrir en Barcelona y en el que preparaban deliciosos dry martinis... ¿Por que no nos veíamos allí? Negó con la cabeza. No había forma de arrancarle de su abatimiento. Y yo, de pronto, empecé a sentirme cansada. Claudio, fueran cuales fueran sus problemas, no tenía edad para comportarse como un adolescente.

—Pues tendrá que ser en Barcelona —dije resuelta—. Durante un tiempo no me voy a mover de allí. Tengo trabajo y además... quiero estudiar inglés.

Era cierto: tenía trabajo. Y también era cierto que todos los años por las mismas fechas me asaltaba la necesidad de refrescar mi inglés. Pero sobre todo, como si temiera ser engullida por aquel ominoso mutismo, no podía dejar de hablar.

—No sé cuánto duraré. Siempre me ocurre lo mismo.

No me molesté en comprobar si a Claudio le interesaba averiguar qué era eso que me ocurría siempre. Proseguí.

—No acierto con el nivel. Tengo un inglés fluido. Pero ni idea de gramática. Por eso me ponen en clases en las que me aburro. Y termino largándome.

—Claro —dijo Claudio.

Su voz había sonado firme, despierta. Me sorprendí de que el asunto «clases» fuera lo primero que le interesara en toda la noche.

—El problema viene de haber vivido en países con el inglés como segundo idioma —continué—. No encajo en los programas. Y tengo la sensación de perder el tiempo.

Claudio me miró con los ojos vidriosos.

—Deje de hacer el idiota —dijo.

Le miré sorprendida.

—Inscríbase en la clase más alta. En el nivel superior.

Reí sin ganas. El comedor al completo parecía pendiente de nosotros.

—¡Qué más quisiera! Hay exámenes de acceso. Pruebas escritas...

—Mueva influencias. ¿No es usted escritora? Lo tomarán por una rareza. —Alzó el tono de voz y me cogió bruscamente del brazo—. ¿Qué le pasa? ¿No quiere avanzar? ¿O es que le gusta jugar siempre con ventaja?

El alcohol empezaba a pasar factura. Me liberé de su mano y me levanté. Estábamos dando el espectáculo.

—No hace falta que me acompañes —dije.

Pero todas mis tentativas resultaron inútiles. Se puso en pie, volvió a encerrarse en su mutismo y caminó pegado a mí como una sombra. Ahora ya no me esforzaba en hablar. Sólo deseaba llegar al hotel y olvidarme de la noche. Aunque, ¿qué había ocurrido en realidad? Nada digno de mención; nada imprevisible. Claudio y yo pertenecíamos a dos mundos, a dos generaciones que inesperadamente se habían encontrado una extraña mañana en México. Pero extrapolar aquel encuentro, tal como temía, era un error. Mejor hubiera sido no vernos nunca, y los apuntes PPDD, que ahora languidecían en el bolso, hubieran permanecido como el recuerdo festivo de unos días irrepetibles. Los apuntes, ahí estaba la prueba. Apenas había añadido unos pocos párrafos desde el vuelo México-Barcelona. Quedarían tal como estaban ahora. Incompletos. El juego había dejado de fascinarme, y no sentía ya la menor intención de continuar. Porque no era más que eso, un juego. Una puntual ocurrencia de la que posiblemente el propio autor estaba empezando a cansarse. Recordé lo peor que se puede decir de un escritor y de su obra: «El tema no da para un libro; puede ser ventilado en un artículo». Eso era lo que le sucedía a Claudio. La «ocurrencia» empezaba y terminaba ahí. Y las prolongaciones —el filón del santoral o las celebridades de la historia— se me aparecieron como una excusa para demorar lo irremediable. El viaje emprendido no llegaba a puerto. Lo demás, la eventualidad de un desengaño amoroso o cualquier otro problema «personal», no me concernía. En nuestra relación —y así había sido desde el primer momento— la vida privada quedaba excluida.

Habíamos llegado al hotel. Claudio me miró con indefinible tristeza. Me sentí conmovida.

—Algún día quizás te decidas a contarme lo que te ha ocurrido —dije al despedirme.

¿Por qué lo había hecho? ¿No acababa de eliminar la posibilidad de confidencias?

Claudio paró un taxi.

—Algún día —dijo.

Pero más que una promesa me pareció una despedida.

No volvió a llamar. Y no me pareció extraño. Le supuse avergonzado y demasiado orgulloso para reconocerse avergonzado. Decidí dejar pasar un tiempo. No disponía de su dirección ni de su número de teléfono, pero conocía sus apellidos y, en último caso, siempre podía acudir a antiguos amigos de la facultad para localizar a la familia. La idea no acababa de gustarme —la familia—, pero todavía menos la posibilidad de que nuestra relación terminara de una forma tan precipitada. Fijé una fecha y apunté en la agenda: «Claudio». La fijé al azar. 27 de julio. El día límite para iniciar mis investigaciones. Pero el azar —de nuevo el azar, el mismo azar que nos había reunido en el Majestic— se encargaría de ahorrarme las pesquisas.

A mediados de julio, una mañana que nunca olvidaré, me despertó un timbrazo largo y sostenido. Me levanté de malhumor. Era el cartero. Traía un paquete en el que se leía «frágil» y un acuse de recibo en el que, medio dormida aún, estampé una firma ilegible. El hombre me pidió el número de mi DNI. Nunca lo he sabido de memoria. Me inventé uno. El envío venía de México, de la calle Once Mártires de Tlalpan. Una tarjeta y un paquete. Cerré la puerta, me restregué los ojos y leí la tarjeta: «Hoy me he acordado de ti. De tu paso por casa, de nuestras conversaciones y de la tesis de tu amigo. Un abrazo». La expresión «de tu paso por casa» me avergonzó. Abrí el bulto envuelto en papel guateado y me encontré con una figurilla de escayola, burda, graciosa. Un rostro de cejas arqueadas y piel rojiza. Me puse a reír. También el diablillo parecía sonreírme. Pensé en Claudio. Hacía casi un mes que no tenía noticias suyas. Pero, sobre todo, pensé en mi amiga. Ahora mismo le enviaría una carta. Ahora mismo le agradecería el deta-

117

lle. Recordé nuestras escasas conversaciones. La tesis de García Berrocal, la desaparición de los ambulantes del Zócalo... El diablillo que tenía en las manos no se parecía en nada al vendedor arrogante. Era un juguete. Un muñeco inofensivo. Un niño disfrazado de demonio... En aquel momento sonó el teléfono. Yo estaba aún junto a la puerta. Dejé que saltara el contestador y esperé el mensaje. «García Berrocal», oí. Corrí al estudio y descolgué el auricular. De nuevo la casualidad, el azar. De nuevo Claudio.

—No sé si te acuerdas de mí —escuché perpleja.

Y allí estaba aún. En la terraza de la casa familiar, abanicándome con la carta, oyendo los murmullos que llegaban del salón, participando en una intimidad que no me concernía. Me sentía una intrusa. Claudio no me había hablado jamás de su madre; tampoco de sus amigos. Ni siquiera, hasta aquella misma mañana, tenía la menor idea de dónde podía vivir. Parecía imposible. No hacía ni dos horas que el cartero me había entregado el paquete de México. Ni dos horas que Raúl me había informado de la desgracia, del error, de la sobredosis accidental de barbitúricos. Me recordaba anotando la dirección. Como si yo fuera otra. Me veía estampando el estúpido diablillo contra la pared. Como si todo hubiera ocurrido hacía siglos. Vistiéndome apresuradamente, subiendo a

un taxi, tomando el ascensor, llamado a una puerta...
Hasta las palabras de Raúl —«Gracias por venir»— so-
naban ahora tremendamente lejanas. Y las de la chica del pasillo... ¿Qué había dicho antes de ponerse a
llorar? «Estaba asustado. Muy asustado...» El despacho, la orla, Pablo VI, los cigarrillos rancios, mis in-
tentos por postergar el momento de afrontar la realidad... Entré en el salón. No paraba de llegar gente.
Chicas jóvenes y guapas que abrazaban a la llorosa
novia del pasillo. También ellas me parecieron no-
vias. Antiguas rivales que olvidaban sus diferencias e
intentaban consolarse unas a otras. Hombres y mujeres de la edad de la madre. Una serie de caras que no
me resultaron desconocidas y que me miraron, a su
vez, con mal disimulada sorpresa. Allí estaba el grupo de Raúl. Cabellos canos que en otros tiempos
fueron morenos o rubios, rostros bronceados, trajes
oscuros que sustituían al recurrente blazer de mi memoria. No tenía más que entornar los ojos para
creerme en el bar de la facultad. Ellos hablando de
finanzas. Yo con el grupo de teatro. En aquella época Claudio no existía. No había nacido aún o era una
criatura que gateaba en el mismo suelo que ahora yo
pisaba confundida. Miré a la madre. Su rostro care-
cía de expresión. Andaba encorvada apoyándose en
el brazo de una de las jóvenes.

—A su manera fue un buen hijo —dijo antes de in-
ternarse en el pasillo.

Me senté en un rincón. Alguien, a mi lado, enume-
ró la lista de somníferos encontrada en la mesilla de

noche. «Un cóctel letal. El chico iba sobre seguro.» Me levanté. En los duelos se oyen muchas cosas. Frases interrumpidas. Comentarios. Loas que no lo son. Elogios discutibles. Retazos de conversaciones. Parches. Remiendos. Contradicciones. Fórmulas de cortesía. Pésames de manual. Meteduras de pata... La vida del ausente va configurándose como un puzzle al que siempre le faltan unas piezas. Recorrí el salón, el comedor, el vestíbulo... Y fue como si un Claudio que desconocía se prestara a guiarme por lo que había sido su casa. Mi amigo vivía allí. Con su madre. Ahí estaba su cuarto. «Al fondo del pasillo.» Vivía o recalaba en la casa de vez en cuando. Viajaba continuamente y le gustaba el lujo. No se le conocía oficio ni beneficio, tan sólo una persistente capacidad para pulirse el patrimonio familiar y satisfacer sus caprichos. De ahí sus malas relaciones con Raúl y los disgustos que de continuo le proporcionaba a la madre. Ella, sin embargo, se lo perdonaba todo. Era su hijo preferido. Un don, un regalo... De su inteligencia nadie se permitía dudar, como tampoco de su desfachatez o su vagancia. En los últimos meses había opositado (con envidiables perspectivas y excelentes resultados) a distintos organismos internacionales. Suiza, Luxemburgo, Estados Unidos, México... Pero no optó por la mejor oferta ni se molestó siquiera en contestar las cartas. Quemaba etapas con una rapidez insultante. Abría frentes y, una vez logrados sus propósitos, se abandonaba a un estado de ociosidad y desgana. Todo era, según unos, una excusa para vivir a cuerpo de rey. Una eterna indefinición adolescente, según otros. «Ahora por fin descansará», sentenció una mujer a mis espaldas. Y entendí enseguida que no se refería a Claudio sino a su madre. Busqué a Raúl. Tenía que irme.

—Era guapo, listo. Podría haber llegado a donde se hubiera propuesto —la madre volvía a estar sentada en el salón—. ¿Por qué nos has dejado, hijo mío?

—Ha sido un accidente —dijo Raúl con los ojos brillantes.

Me acerqué y le cogí del brazo. Estaba haciendo un esfuerzo sobrehumano para no derrumbarse.

—Él sólo quería dormir, mamá. No abandonarnos.

La madre se enjugó los ojos. Y miró hacia el pasillo.

—Ahora, por fin —añadió más calmada—, ha encontrado la paz.

De pronto reparó en mí. Y yo, de nuevo, me sentí una intrusa.

—¿Le gustaría verle? —dijo sonriendo—. Parece un ángel.

Me despedí atropelladamente y salí a la calle. Hacía ya un buen rato que al puzzle no le faltaba una sola pieza.

Entré en un bar, me acodé en la barra y pedí un dry martini. No me molesté en indicar «muy frío». El establecimiento estaba refrigerado y ya no necesitaba darme aire con la carta. La guardé en el bolso, junto a la libreta que había llevado conmigo a todas partes desde hacía casi un mes y que ya nunca podría mostrar a Claudio. «Apuntes PPDD.» Durante el camino, de la casa al bar, no había querido pensar en nada. Ahora, a salvo del bochorno del día, lejos del duelo familiar, las palabras de Claudio resonaban diáfanas, reveladoras, cargadas de sentido. Recordé nuestro último encuentro. Yo insistiendo en ayudarle: «Algún día, quizás, me contarás lo que te ha pasado». Y él, con el aspecto desencajado, doliente, subiendo a un taxi y perdiéndose en la noche: «Algún día...». No había faltado a su palabra: hoy era el día. Estaba equivocada al creerme una intrusa, al sentirme invasora de una intimidad que no me concernía. Eso es lo que quería Claudio. Que viera, que escuchara, que paseara por los escenarios de su vida. La carta era una despedida, un guiño. Pero también un señuelo. El reclamo para que acudiera a su casa y comprendiera lo que él acababa de descubrir, lo que le impedía conciliar el sueño. Y lo que *era*. Lo que siempre fue, aunque hasta hace poco lo ignorara. «Estaba cantado», murmuré. No tenía más que releer mis apuntes o recordar nuestras conversaciones y confrontarlas con lo que acababa de ver u oír. Claudio era un auténtico pariente pobre del diablo. Pero un pariente pobre que escapaba a las clasificaciones de mis notas y que quizás tampoco estuviera contemplado en el montón de folios devorados por el fuego. Una categoría especial dentro de la casta. Una singularidad dentro de la estirpe. Tal vez —se me ocurrió de pronto— una reversión. Un atavismo. Casos contados en los que ciertos caracteres ancestrales (tara o degeneración, según los suyos) afloraban de nuevo burlándose de la evolución o del olvido. Porque Claudio —azote de su familia, pariente pobre del diablo— era, por encima de todo, un valiente.

No alcé la copa. La incliné y vertí unas gotas en el suelo.

—A tu salud, Claudio —murmuré.

Y recordé el despacho. El calor, la escribanía de plata, la petaca de marfil, el olor a legajo polvoriento y a papel quemado, la chimenea... Recordé, sobre todo, lo que me era imposible recordar. El manuscrito rociado con gasolina, Claudio encendiendo una cerilla, llamas azules, rojas, verdes, algunos folios que, retorciéndose, destacaban de los otros, como si intentaran escapar, como si se resistieran a ser alcanzados por el fuego. Párrafos tercos y obstinados, palabras sueltas, hojas rebeldes que un implacable atizador de hierro devolvía una y otra vez a la pira del sacrificio. Allí estaba todo. El trabajo de Claudio, su obsesión, el estudio de las actitudes más frecuentes en los miembros de la temible casta, vidas de santos tocados por la arrogancia y la soberbia, célebres personajes de la historia finalmente desenmascarados, glorias de las artes y las letras... Y él, mi amigo. El momento en que el ensayo —el estudio, la tesis, la «ocurrencia»— se convertía, muy a su pesar, en un diario. El

123

pánico súbito en medio de una atroz pesadilla. La sensación de orfandad. La nostalgia de algo que sin embargo no se recuerda. La desazón. La sospecha de que en otro lugar, en otro momento, «no se dio la talla». El desprecio cerval de todo lo que podría conseguir, sin apenas esfuerzo, y la añoranza de lo que nunca obtendría por más que se lo propusiera. Y la evidencia final. La puntilla. La seguridad de haber estado caminando en círculo cuando no tenía más que mirarse al espejo para descubrir el objeto mismo de sus pesquisas. Sí, allí estaba todo. Resumido en las nueve letras que habían logrado sobrevivir al fuego: «DEL DIABLO». Y la decisión. Lúcida, irrevocable. ¿De qué le servía brillar en un mundo regalado? ¿Dónde estaba el valor? ¿Qué mérito tenía?

—Estoy orgullosa de ti —dije en voz muy baja—. De haber sido tu amiga.

Ahora me explicaba el abatimiento de la última noche. Su tristeza infinita. También la brusquedad con la que me asió del brazo para espetarme: «¿No quiere avanzar? ¿O es que le gusta jugar siempre con ventaja?». Pero sobre todo su heroicidad, su arrojo. Porque Claudio renunciaba a sus prerrogativas y regresaba *a casa*. Abandonaba una vida de privilegio y se convertía en rémora, en obstáculo, en lastre. Cambiaba brillantez por torpeza, admiración por burla, facilidad por esfuerzo. Claudio, en fin, elegía voluntariamente su destino. El reino de la sagacidad, la rapidez, la inteligencia. Y también su lugar. Un puesto miserable entre los últimos de la clase.

Bebí el dry martini de un trago y me llevé la mano a la sien. Estaba frío. Muy frío... Y de repente, en esos breves instantes en que parecía que la cabeza me iba a estallar, creí verle. A él. Allí donde estaba ahora. Allí —corregí enseguida— donde estuvo siempre. Y, en una inverosímil inversión de fechas y recuerdos, entendí finalmente la razón por la que nunca, ni siquiera de pequeña, sintiera el menor asomo de temor ante la palabra «infierno».

El moscardón

Imaginemos a una vieja. Vive sola, ve la tele, tiene un canario. Sus sobrinos van a visitarla de vez en cuando. No le pasa nada. Nada grave, al menos. Está a punto de cumplir ochenta y siete años y su salud es de roble. Pero cada vez resulta más difícil hablar con ella. El mundo al completo —a excepción de sus sobrinos— le parece, en días de especial buen humor, un disparate. Y se lo hace saber —al mundo— sin moverse de su casa, sentada en un sillón, con los ojos fijos en la pequeña pantalla. «¡Mamarrachos!», «¡Payasos!», «¡Botarates!»... No ignora que no pueden oírla, pero se desahoga. A veces se calma. O se entusiasma. Tiene sus preferencias, sus ídolos. En los programas de debate, por ejemplo, se muestra arrebatada ante una de las contertulias habituales, una abogada belicosa que «habla muy bien», que «convence». Rechaza en cambio a otra, una juez, calmada, medida, respetuosa con los turnos de intervención. «Ésta no sabe nada. Es una sosa.» Ocasionalmente, uno de los sobrinos, a quien no le va ni le viene el programa, rompe una lanza a favor de la supuesta ignorante. «Pues lo que dice está bien. Tiene su lógica.» La tía, entonces, preguntará de inmediato: «¿Ah sí?». Y cambiará de bando. Lo que dice un sobrino es sagrado (por lo menos cuando está delante). Después, sola y siempre frente a su televisor, seguirá aplaudiendo en silencio a la letrada agresiva —«¡Qué bien habla! ¡No le tiene miedo a nadie!»— y compadeciendo para sus adentros a la correcta y pausada juez. Es una televidente de encuesta, un modelo, la base misma de los índices de audiencia. La abogada, con su griterío, le parece una estrella de televisión. La juez, que en ningún momento pierde la compostura, un desastre. Cuando vuelvan los sobrinos, ante un debate semejante y tras la posible defensa de la denostada de turno, ocurrirá exactamente lo mismo. «¿Ah sí?» Paso a las filas enemigas durante un rato y olvido de su traición en cuanto cierre la puerta. Son ya muchos años de vivir sola.

Da de comer al canario con auténtica dedicación. *Pshiu, pshiu, pío, pío, tshi, tshi.* De joven, que se recuerde, no era precisamente una entusiasta de los animales. Pero nadie debe sorprenderse: el tiempo pasa. Y con los años las personas cambian, adquieren nuevos gustos o descuidan antiguas aficiones. Un día recibe a sus invitados con una apetitosa tarta de queso. Son las cuatro de la tarde, ninguno de los sobrinos tiene hambre, pero, atentos, alaban la presentación, recuerdan su buena mano para masas y pudings, y, aunque protestan —las raciones que está sirviendo son mastodónticas—, se disponen a agradecerle el detalle. «Es de queso», dice la anciana sonriendo. Los sobrinos, durante unos segundos, se han quedado con el tenedor en la mano sin saber adónde mirar ni qué decir. La tarta no es dulce; tampoco salada. La tarta no sabe absolutamente a nada. «Se ha olvidado del queso», murmuran consternados en cuanto se cercioran de que la tía no puede oírles. «¿Entonces?» Aire. La tarta está hecha de aire cuajado. Es un homenaje al vacío. A la nada. Da lo mismo comerla que dejarla. No es ni buena ni mala. En realidad *no es*. «¿Cómo la has hecho, tía?» La pregunta es sincera. Como pastel resulta desconcertante; como creación un milagro. «Con queso, ya lo he dicho.» Y se sirve un trocito minúsculo. Come como su canario. *Pshiu, pshiu, pshiu...* Y parece que le gusta, que no nota nada raro, porque, por una vez —«y sin que siente precedente», dice orgullosa—, repite.

La merienda de la nada, a las cuatro de la tarde, no será durante un tiempo más que una anécdota, la ilustración de cómo con la edad se pierden ciertas facultades (y se adquieren otras), el recuerdo risueño de unos instantes de estupor compartido. Pero bien puede ocurrir que un día cualquiera, semanas después o quizás meses, la visita de los sobrinos no concluya de forma tan festiva. Y una vez hayan tomado el ascensor, alcanzado la calle y respirado oxígeno, resuelvan que la tía «no carbura», que «no rige», que «a la pobre se le ha ido la olla». Y todo porque, en medio de iras e improperios ante los debates a los que es adicta, un moscardón se ha colado por la ventana abierta, ha recorrido zumbando la sala para detenerse en el televisor, para rodearlo, para, de nuevo, instalarse en la pantalla. Y entonces la tía, olvidada de sus tomas de partido, lo ha mirado con cariño, con familiaridad, como si lo conociera de toda la vida e hiciera tiempo que no la visitara.

—¡El Anticristo!

Lo ha dicho sonriendo. Como el día que indicó que cierta tarta era de queso. Y también como aquel día ha repetido:

—Sí. Es el Anticristo.

(La vieja soy yo. No voy a andarme con rodeos. Por lo menos ellos me ven así, vieja. Palabra repugnante sobre la que ahora no me voy a detener ni cambiar por otras todavía más asquerosas. Anciana, tercera edad, gente mayor... ¡Eufemismos! Me he apuntado la palabra —«eufemismos»— que supongo que querrá decir «pamplinas». Se la oí el otro día a una abogada muy guapa, muy arreglada, muy pintada. Una chica listísima que habla muchas tardes por televisión y a la que mis sobrinos, que no tienen nada mejor que hacer, le han cogido manía. Dicen que si siempre sale en la tele, de dónde sacará tiempo para atender a sus clientes. ¡Qué sabrán ellos! Pues bien, seré vieja, pero no tonta. A veces me confundo —¡y qué!—, o de repente se me va el santo al cielo —¡ya volverá!—, o quiero explicar las cosas y no logro juntar las palabras. Lo único grave es que siempre me

132

sucede en el momento más inoportuno. Es decir, cuando están ellos aquí. Si vinieran más seguido no me pasarían estas cosas. Pero no, aparecen cuando les da la gana y, aunque me llaman antes por teléfono, es como si me pillaran por sorpresa, con la guardia baja. Y eso es lo que ocurrió el otro día. Nada más. ¡Como si no supiera que un moscardón es un moscardón! Pero se les puso tal cara de estúpidos que todo lo que les iba a decir se me fue de golpe. Y cuando me volvió, ya se habían ido. Cuestión de minutos. Pero no me quedé tranquila. No, esta vez no me quedé tranquila. Me asomé a la ventana y, a pesar de que vivo en un séptimo piso, les vi perfectamente en el momento en que salían del portal. María, la pequeña —es un decir, está mucho más arrugada que yo—, se llevó un dedo a la frente y lo movió repetidas veces, como si ajustara o aflojara un tornillo. ¿Qué se ha creído esa mocosa? Más vale que vigile a sus hijos —que cada día van vestidos más raros— y no se meta en los asuntos de los demás. Lo curioso es que la mayor, Magda, que siempre ha sido muy buena, no salió en mi defensa, o, por lo menos, no me lo pareció desde aquí arriba. Los chicos tampoco. Pero seguro que ellos —que son estupendos— no se dieron cuenta. ¡De la que se libró la tontaina de María! De todas formas tengo que estar preparada. De un tiempo a esta parte, aunque la gente no hable, a mí me parece leer sus pensamientos. Los oigo, vaya. Y no me fío un pelo. Por eso, en la misma libreta en la que he apuntado «eufemismos», escribo ahora «asociación de ideas». Lo escuché el otro día por la radio. A veces una cosa —una mesa, una silla, una palangana— nos recuerda a otra. Y eso es lo que me pasó con el moscardón. Ojalá el próximo día me pregunten, y yo me acuerde, y pueda contestarles. Si ni siquiera preguntan, malo.)

La vieja, ahora, lleva la cabeza vendada. El día anterior, domingo, se estropeó la televisión y no se le ocurrió otra cosa que subir al terrado y manipular la antena. No recuerda si se desvaneció o fue el viento el que movió la maraña de cables y le asestó un golpe en plena frente.

—Nada grave —dice—. Aunque en muy mal sitio.

Los sobrinos han vuelto. No tenían noticia del accidente, pero sospechaban algo. Magda, esta mañana, dio la voz de alarma: «Ha llamado la tía. Se ha quedado sin televisión y está histérica. No se entiende una palabra de lo que dice». De modo que han venido todos. En grupo. Lo hacen a menudo así. Se ponen de acuerdo y aparecen juntos. Saben que es absurdo, que mejor sería establecer turnos y, en lugar de una vez cada quince o veinte días, visitar a la tía semanalmente. Pero también que ciertas obligaciones, asumidas entre cuatro, resultan más llevaderas que en solitario. Además, a la salida, se van a tomar una copa y aprovechan para comentar.

En la última ocasión, incluso, terminaron cenando juntos.

—Cada vez peor.

—Habrá que pensar en algo.

—Sacarla de su casa sería matarla.

—Pues buscarle compañía.

—Le gusta vivir sola.

—Una cosa es que le guste y otra que pueda.

En algo están de acuerdo. Es vieja, pero no se da cuenta. Duerme una media de quince horas, lo cual, francamente, es extraño. Como también el que conserve un inquietante cutis terso, de niña, de muñeca. O quizás lo segundo no sea más que la consecuencia de lo primero. En todo caso hay que estar preparados. El lunes, cuando les recibe con la cabeza vendada, después del consiguiente susto ven el cielo abierto. Ha llegado la hora de hablar.

—¿Cómo se te ocurre encaramarte a una antena? Es peligrosísimo —empieza Magda.

La vieja le quita importancia al accidente. Sólo le interesa la televisión y el hecho de que los chicos estén allí. Ellos sabrán cómo arreglarla. Jorge toca un par de teclas. Luego se agacha y mira algo. Cuando se incorpora la pantalla se ilumina. Siempre han sido estupendos. Jorge y Damián, los chicos.

—Estaba desenchufada —dicen.

(He vuelto a meter la pata. En vez de reconocer que yo misma desconecté el aparato —el sábado por la noche amenazaba tormenta—, le he echado todas las culpas a la pobre asistenta. Enseguida María, que no pierde comba, me ha preguntado con voz de mosquita muerta: «¿Cuántas veces a la semana viene la chica?». «Dos», he dicho. Y, tonta de mí, para demostrar que tengo memoria, he añadido: «Los lunes y los jueves». Magda, que mejor hubiera estado callada —no sé lo que le pasa a esta niña últimamente—, me ha mirado con incredulidad: «¿Y aguantaste desde el jueves sin televisión?». Aquí he estado a punto de arreglarlo. «A veces, cuando no puede los jueves, viene los sábados.» No se lo han creído porque, de nuevo tonta de mí, he añadido «por la mañana», y entonces ha quedado claro que me lo acababa de inventar. De haber sido así —el sábado por la tarde dan uno de mis programas favoritos— no hubiera esperado al domingo para subir al terrado. De todos modos, han perdido enseguida el interés por la televisión y se han concentrado en la asistenta. ¡Qué perra les ha entrado con la asistenta! Que cómo se llama, que si me parece buena persona, que si me gustaría que viniese más días... Pero yo estaba ya en guardia. «Imposible. Tiene muchísimo trabajo. Sufre de reuma...» Y ellos dale que dale. Que por qué no les doy el teléfono, que, quizás, pagándole un buen sueldo... Me he mantenido firme. Sólo faltaría que ahora se descubriera no ya que la pobre no desconectó ningún enchufe, sino otras muchas cosas que a veces le cuento para pasar el rato y que también son inventadas pero muy bonitas. Entonces Damián me ha dado un susto de muerte.

—Tía —ha dicho—. Lo único claro es que no puedes pasar tanto tiempo sola.

Y ahí sí, la habitación ha empezado a dar vueltas y he creído que iba a desmayarme. Porque, aunque no han dicho nada más, yo —que leo sus pensamientos, que los oigo, vaya— he visto la terrible palabra a todo color, como el título de una película, con música de fondo y con un eco. Sí, los cuatro, por un momento, han pensado lo mismo. «Re-si-den-cia.» Y la tonta de la pequeña, como una gramola rayada, se ha puesto a repetir «cia, cia, cia...».

—¿Te encuentras bien, cía?

Me he llevado la mano a la cabeza para serenarme. Pero ellos se han creído que me dolía.

—Claro que estoy bien. Cosa de días. El médico me ha recetado unas pastillas.

Tampoco es verdad. No he ido a ningún médico. Ni pienso.

—Esto no puede volver a pasar.

¿El qué? De pronto me he olvidado de lo que estamos hablando. Estos críos tienen la virtud de confundirme. Pero la palabra seguía allí. En sus cabezas. Sobre todo en la de María. He cerrado los ojos.

—Vamos a buscarte compañía. Por un tiempo, al menos.

Bueno, mejor eso que lo otro. Ya me quitaré «la compañía» de encima. Pero ¿qué quiere decir «por un tiempo»? El canario se ha puesto a cantar y yo, de repente, he recordado que tenía que explicarles algo. «Asociación de ideas.» Pero no, no era del canario de lo que quería hablarles.

—No, canario no —digo mirando al canario.

—Pues si no es un canario, ¿qué es? —pregunta la estúpida de María.

Me he encogido de hombros desconcertada. Siempre terminan saliéndose con la suya.)

Los sobrinos, esta vez, no toman un taxi. El otro día, a un par de manzanas, se fijaron en un rótulo: AGENCIA DE EMPLEO. Ha llegado la hora de pasar a la acción. «Ni un día más», dice Jorge. «Ahora mismo lo solucionamos», confirma Magda. De nuevo están de acuerdo. La tía no ha opuesto resistencia a la idea de tener a alguien en casa (porque se siente débil), pero en cuanto se recupere (cosa de días) se negará en redondo. Hay que aprovechar la ocasión. «Hechos consumados», sentencia Damián. Y se encaminan a la agencia. A los pocos pasos María se vuelve y alza la vista. Las ventanas del séptimo están cerradas, pero le ha parecido ver una sombra tras las cortinas.

(En cuanto desaparecen por la puerta, consigo acordarme de todo. De lo que quería hablarles era del moscardón. De aquel bicho tan simpático que entró un día por esta misma ventana y que era igual —parece imposible—, exactamente igual, a uno que conocí de pequeña. El de mi infancia aparecía cada día en clase de religión, daba unas vueltas por el techo y se ponía a revolotear en torno al crucifijo. Un día Teresa Torrente, que era muy mandona pero sabía bastantes cosas —casi todas las semanas le daban banda y muchos meses cordón de honor—, me dijo en voz baja: «Cada día lo mismo. No se separa de la cruz». Y enseguida, como si hablara sola o acabara de descubrir algo muy importante: «¿Será el Anticristo?». Yo entonces no sabía lo que quería decir «anticristo» —ahora tampoco, se me ha olvidado—, pero cuando me enteré, cierto tiempo después, me quedé perpleja. ¿Estaba loca Teresa Torrente? ¿Y cómo podía ser yo tan idiota para dejarme impresionar por sus palabras? Pues bien, aquí está el misterio. Sé perfectamente que un moscardón es un moscardón y que un anticristo, sea lo que sea, es un anticristo. Y no había por qué poner aquellas caras de mamarracho. Fueron ellos —como siempre— los que me liaron. Parece mentira. Tantos años de universidad y, a la menor asociación de ideas, se quedan pasmados.)

—Soy Jessica —dice la chica.

La vieja la invita a pasar.

—Siéntate, hija, estás en tu casa ¿Cómo has dicho que te llamas?

—Jessica —dice Jessica.

—Bien, Jesusica, escribe tu nombre en esta libreta y así no me olvido.

La chica deja el bolso en un sofá y mira disimuladamente a su alrededor. La casa es luminosa, lo cual le gusta. Pero también bastante más grande de lo que había imaginado. ¿Tendrá que ocuparse ella de la limpieza? ¿O todo su trabajo consistirá en dar conversación? Es el primer empleo de su vida y quiere hacerlo bien. Por eso, en el papel cuadriculado en el que lee «Eufemismos» y «Asociación de ideas», escribe su nombre, «Jessica», también entre comillas, por si acaso. Mientras, mira de reojo a la anciana. Es amable, pero un poco rara. Parece una muñeca. No tiene una sola arruga. Y, según la familia, va para los ochenta y tantos.

—Duermo mucho —dice la vieja.

¿Será, además, adivina?

—Y como duermo tanto —continúa— apenas necesito compañía. Vendrás sólo por las mañanas. ¿Qué te parece?

A Jessica le parece bien. Los sobrinos le han dicho: «Al principio te será un poco difícil. Está acostumbrada a vivir sola». Pero, la verdad, su primer día de trabajo no se presenta complicado. Todo lo contrario.

—¿Un café con leche, Jesusica?

No le ha dado tiempo a contestar. Enseguida se encuentra sola en el comedor, como una invitada, y ella, la dueña, la señora a la que se supone que ha ido a cuidar, removiendo cacharros en la cocina y cantando un villancico.

—Además es alegre —dice en voz muy baja.

Está encantada.

(La tengo en el bote. Ahora, al llegar a su casa, llamará a Magda o a María y les contará maravillas de mi persona. «Su tía es encantadora. Una señora agradable y guapa. ¡Con qué agilidad se mueve por toda la casa! ¡Qué bien puesta tiene la cabeza! ¡Y cómo les quiere a todos! Habla de la familia y se le hace la boca agua.» Ja. Desde el primer momento he comprendido que era una espía. Una buena chica, sí, pero una espía. Al servicio de los que le pagan —que, desde luego, no soy yo—. Por eso le cuento todo al revés —que María es estupenda, por ejemplo—, para que luego ella lo repita como un loro. Mañana, antes de que me prepare la comida, iremos a dar una vuelta por el barrio. Le diré: «Siempre lo hago». Y nos detendremos, como por casualidad, en un escaparate de la calle de atrás. Hace tiempo que le tengo echado el ojo a un vestido. Debe de ser caro, porque pasan los días y sigue allí. Que Jesusica entre y pregunte el precio. «Nunca se sabe», diré. También esto,

como buena correveidile, se lo contará a mis sobrinos. Y a ver si captan. ¡Estoy harta de colonias y pañuelos!)

—Hola —dice Teresa Torrente—, pasaba por aquí y
me he dicho: «Voy a hacerle una visita a mi amiga
Emi».

La vieja mira el reloj. Las siete y cuarto. A esa
hora tendría que estar ya en la cama, durmiendo. En
realidad está en la cama. Y si no recuerda mal (porque algunas veces se hace líos) antes de acostarse ha
cerrado con tres vueltas de llave y ha puesto la cadena de seguridad. ¿Por dónde ha entrado Teresa?

—Por la puerta —explica tranquilamente.

Teretorris está igual. No ha cambiado en nada. Lleva el uniforme de invierno, aquel azul oscuro que pi-
caba un poco —con el cuello marinero impecable y el
corbatín recién planchado—, y se ha puesto encima todas las bandas y cordones de honor que ha ganado en
la vida. Parece un almirante. El almirante Canaris.

—Espera a que encuentre la bata —dice la vieja.

No son horas para recibir a nadie, pero la culpa
la tiene ella por no avisar. Tampoco es el momento
de tomarse un café, que después no se pega ojo. Una
manzanilla, mejor.

—Prefiero Agua del Carmen —dice Teresa—. ¿Te
acuerdas, Emi, cuando bebíamos a escondidas?

Emi asiente. Se acuerda de todo. Como también de que un día las pescaron y Teretorris aquella semana se quedó sin banda.

—Me acuerdo de todo –dice–. De todo lo de antes.

Y para demostrarlo recita la lista de reyes godos. A la altura de Chindasvinto, Teresa la interrumpe.

—No llegaste a casarte, ¿verdad?

La vieja frunce el ceño. La pregunta le ha parecido una impertinencia. Presentarse a estas horas y, ¡zas!, lanzar el dardo.

—Pretendientes nunca me faltaron –protesta.

Teresa se encoge de hombros.

—No estabas mal. Pero como guapas, guapas, tus hermanas mayores. Pobrecitas. Cuando leí sus esquelas me llevé un disgusto. Pero, en fin, tarde o temprano...

Bebe un sorbo de Agua del Carmen y dos de sus bandas, una a la derecha y otra a la izquierda, se deslizan por los hombros hasta alcanzar el codo. La vieja parpadea. Parece como si se hubiera puesto un traje de noche, con el escote algo desbocado, sobre la marinera.

—En el fondo las envidiaba –prosigue–. Sobre todo a la mayor, tan rubia y con aquel admirador que se permitió rechazar. Rubén. Guapo, alto y millonario. Un hacendado argentino. Todas, en clase, soñábamos con Rubén.

—Eso es agua pasada –dice molesta la vieja.

—A nuestra edad, Emi, ya todo es pasado.

Teresa Torrente sigue tan sabia como siempre. Pelín pedante. Pero ahora la vieja comprende que se encuentra ante una ocasión providencial para aclarar una duda. Intenta recordar. ¿Cuál era esa duda?

—¡El Anticristo! —dice al fin.

La amiga la mira con sorpresa. Vacila. Entorna los ojos.

—Me suena, sí, pero ¿qué era?

También a ella —a la sabia— le falla la memoria.

—¿El demonio, quizás?

La vieja se encoge de hombros. Para dudas se basta sola.

—Sí —dice Teretorris ahora con voz firme—. El demonio. Uno de los nombres del demonio.

Y se va. Un tanto apresurada porque sobre el sofá ha quedado abandonada una de las bandas. «Bueno», se dice la vieja, «ahora a dormir. Ya volverá otro día.» Y, extenuada, se mete en la cama. Casi enseguida suena el timbre. ¡La pesada de Teresa! ¿No podía esperar a mañana? Recoge la banda, se interna por el pasillo, da tres vueltas a la llave y descorre la cadena de seguridad.

—¿Qué hace con un calcetín en la mano? —pregunta sorprendida Jessica.

(Luego ordenaré los acontecimientos de la noche. Ahora, con la espía delante, se me han quitado las ganas. Como nota que no estoy para conversaciones empieza a limpiar. Eso sí lo hace bien, las cosas como

144

son. Al principio la asistenta se puso un poco celosa. «Si le han buscado ayuda, ¿para qué quiere que vaya yo ahora por las tardes?» Lo de tener gente en casa por las tardes nunca me ha gustado demasiado. Pero peor sería que coincidieran las dos. ¡Ah no! Eso imposible. Fui rápida (a veces aún lo soy). «Sólo una tarde a la semana», le dije por teléfono en voz muy baja para que Jesusica no me oyera. «Nos sentaremos frente al televisor, charlaremos y usted podrá ir limpiando la plata.» «¿Qué plata?», preguntó ella. También había previsto este detalle. «La plata», repetí. «Cuando llegue la tendrá preparada en la mesita.» Esperé a que la espía desapareciera y busqué entre todos los llavines el que abre el cajón del aparador. Saqué un juego de cucharillas, dos ceniceros, una tetera rota, el servilletero de la primera comunión, un salero y la medalla de Hija de María. Creo que se quedó contenta con sus nuevas tareas (lo cual es comprensible: no hace nada) porque al despedirse me comentó: «¡Ay, doña Emilia, hablando con usted se me pasan las horas volando!». En fin, a lo que iba. Jesusica limpia y lo hace muy bien. Pero hoy, de vez en cuando, me dirige una mirada rara, como de control, que me pone nerviosa. Y cuando estoy nerviosa lo mejor es no hablar demasiado, no sea que me pase aquello tan desagradable de querer decir las cosas y de que no te salgan. Además, me conviene tenerla a buenas. La observo de reojo mientras pasa la aspiradora. La pobre chica viste que da grima. Hoy calza unos zapatones de plataforma que le hacen parecer un gigante. Y lleva un suéter tan canijo que cuando levanta los brazos se le ve el ombligo. Ha llegado la hora —decido— de hacerle un regalo. En parte porque soy así, buena, y en parte para borrar de su cabeza la impresión que le he causado esta mañana. Cuando faltan unos minutos para que se vaya la llamo desde el dormitorio.

—Mira —digo abriendo el armario de par en par.

—Qué guay —dice la chica.

Supongo que ha sido el orden lo que le ha llamado la atención. El orden y también la variedad y el colorido. Porque ahí están, perfectamente alineados, mis zapatos de distintos modelos y de diferentes épocas de mi vida. De tacón fino, de tacón grueso, forrados de satén, con hebilla y sin hebilla. Unos con una borla plateada. Como en una tienda. Igual. Sólo que ya va siendo hora de renovar el escaparate.

—Tengo los pies hinchados y no puedo usarlos. A ti te quedarían muy bien.

Jesusica protesta, pero no le hago caso. Es más, completo el lote con dos blusitas muy monas que compré hace años en unas rebajas y nunca me he puesto. Se queda mirando una de la época de Brigitte Bardot, a cuadritos y con chorreras.

—Qué auténtica —dice.

Pero me parece que no ha entendido aún que se trata de un regalo. Por eso le pido que traiga bolsas del cajón de las bolsas y tengo que repetirle (de pronto parece tonta) que el cajón de las bolsas está, como siempre, en el armario de la cocina. Llenamos tres y todavía quedan zapatos. Una funda de abrigo que hace tiempo que no uso –ya no me molesto en guardar los abrigos– nos va de perlas para recoger los últimos pares y las dos blusitas.

–¿Está segura?

Pobrecilla. Yo aprovecho para decir: «Sí, ahora tengo otro estilo», y recordar, como quien no quiere la cosa, aquel conjunto tan apropiado que vimos hace unos días en la tienda de la esquina. Jesusica se va a casa emocionada, cargada como un Papá Noel. Y yo me derrumbo en el sofá. Esta noche, entre una cosa y otra, apenas he descansado.)

–Estábamos en lo del argentino –dice la asistenta–. El día que cayó de rodillas, desesperado, ofreciéndole el oro y el moro, y usted (que aquí se equivocó, perdone la franqueza) terca como una mula: «Lo siento, Rubén. Por nada del mundo cruzaría el charco».

La vieja carraspea. No está de muy buen humor.

–Agua pasada. Hoy hablaremos de Teresa Torrente.

Y le cuenta la anécdota del moscardón revoloteando en torno al crucifijo, las palabras de su compañera de pupitre, y lo parada que se quedó ante aquella revelación inesperada.

–Anticristo quiere decir «demonio».

–Ah –dice la asistenta.

No le ve la gracia a la historia. Preferiría seguir con Rubén o con cualquiera de los muchos pretendientes de doña Emilia. Suspira resignada, se concentra en su trabajo y saca por tercera vez brillo a una cucharilla de plata.

—Teresa Torrente sabía muchísimas cosas. O se las inventaba, para darse pisto. Pero eso del demonio... Ayer vino a verme y noté en ella algo raro. Me acordé de una película. Gente que hace pactos con el infierno. Porque lo curioso es que han pasado muchos años y el uniforme del colegio le sigue quedando bien. De maravilla.

—Pero ¿todavía lleva uniforme esa señora?

El frasquito de limpiametales acaba de derramársele sobre la mesa. Corre a la cocina, vuelve con una bayeta, frota y refrota, y mira un tanto cohibida a la vieja. En el mantel ha quedado un cerco rebelde. Lo tapa con un periódico.

—No, claro que no —prosigue doña Emilia como si no hubiera reparado en el percance—. Pero a veces, en su casa, se lo prueba frente al espejo. Lo hace para comprobar que no ha ganado ni perdido un solo centímetro.

—Eso sí que se parece a una película —dice la asistenta ya más relajada—. Una historia de dos hermanas. Dos señoras mayores. Una, que de pequeña fue muy mona, se prueba un vestido de niña ante el espejo y canta. Daba un poco de miedo.

El canario, como la señora mayor de la película, se pone a cantar —¡menos mal!— y la asistenta intenta concentrarse ahora en la tetera rota. Ya no puede brillar más de lo que brilla. Pero algo hay que hacer. Lo de la película no parece haberle gustado demasiado a doña Emilia. Mejor volver a Teresa Torrente.

—Pero también usted —dice ahora con voz pillina— algún secreto debe de guardar bien guardado. Porque tiene un cutis...

La vieja sonríe con su perfecta cara de luna. Pero, más que una sonrisa de niña, hoy, por primera vez, compone un rictus de anciana. Se levanta para dar de comer al canario. *Psiu, psiu, psiu...* De nuevo parece de malhumor. Lo está. Algo no acaba de salir bien esta tarde. ¿Qué puede ser? El canario, pobre infeliz, no tiene la respuesta. Vuelve a la mesita de la plata. La asistenta acaba de cruzar las piernas y se dispone a atacar el salero. Entonces —¿estará soñando?— lo ve.

—¿De dónde ha sacado estos zapatos? —pregunta con un hilo de voz.

La mujer sonríe orgullosa. Después baja la vista.

—Me da un poco de vergüenza...

Disimuladamente se desprende de uno. Es notorio que le quedan estrechos.

—De un contenedor —confiesa.

Y se pone colorada como un tomate. De pronto ha entendido la magnitud de su error. ¡Comportarse como una indigente, una trapera, una vulgar fregona, ahora que, como por milagro, había ascendido a dama de compañía! ¿Qué estará pensando doña Emilia? Por nada del mundo querría contrariarla. O perder el trabajo, que es lo mismo. Las horas más descansadas de toda su vida limpiando plata limpia. Por lo cual se decide a desembuchar.

—Y había muchos más.

La vieja aprieta los dientes.

—Y un par de blusas.

Los ojos de doña Emilia lanzan fuego.

—He dejado las bolsas abajo. En la portería.

(La hipocritona de los zancos aparece hoy, a las diez en punto, tan pimpante. Ja. Prepara el desayuno y me pregunta de qué queremos hablar. «De nada», digo. «Esta noche no he dormido bien.» Se pone a limpiar y yo, para matar el rato, hojeo una revista de chismes. A las once llama María.

—¿Cómo va todo, tía?

Me cuenta tonterías de sus hijos, de su hermana Magda, de sus primos Jorge y Damián. Ha amanecido conversadora. O lo que pasa es que tiene remordimientos. Desde que me enjaretaron a la espía no han vuelto por aquí.

—Dentro de poco es Nochebuena, no te olvides.

¿Cómo me voy a olvidar?

—Y enseguida Reyes —preciso.

—Claro. Nos reuniremos todos. Como siempre.

No quiero que me enternezca, que me líe o que me aparte de mis objetivos. Por lo cual hago como si no la oyera bien.

—Te paso a Jesusica —digo.

La chica coge el teléfono y se pone a reír. ¡Qué bien se llevan las dos! María y la espía a sueldo.

—Ella me llama siempre así, Jesusica.

Recorro con los ojos el saloncito. *Ella* debo de ser yo.

—Y, a veces, Jacinta.

¿Será mentirosa? Me entran ganas de llamarla Jerónima, que es mucho más feo que Jacinta. Pero no quiero perder la calma. Todavía no.

—Entendido —dice ahora—. El veinticuatro en su casa.

Y cuelga. Asiento con la cabeza para que no me repita lo que ya sé —Nochebuena en casa de María— y sigo aburrida con la revista. Las artistas de ahora no valen nada. Como las películas.

—Me voy —oigo al cabo de un rato, pero resulta que han pasado varias horas—. Tiene la comida preparada en la cocina.

He dado unas cabezadas, mema de mí. ¡Menos mal que he sido despertada a tiempo! Dejo la revista en la mesita y, con un gesto, le indico a la chica que me acompañe al dormitorio.

—Mira —digo abriendo el armario—. Todo para ti.

Jesusica se ha quedado muda (no es para menos). Ahí están los zapatos perfectamente ordenados. De tacón fino, de tacón grueso, forrados de satén, con hebilla, sin hebilla... Faltan los de la borla, pero no lo nota. Añado al lote un par de blusitas y espero un poco. Inútil. No oigo ningún *guay* ni tampoco *qué auténtico*.

151

—Coge unas cuantas bolsas del cajón de las bolsas —ordeno.

Esta vez trae muchas. Pero hago como que no me doy cuenta y descuelgo un guardabrigos.

—Hace tiempo que no guardo los abrigos —explico.

La estudio con el rabillo del ojo. No me había fijado nunca en que fuera tan pálida. Ahora dobla cuidadosamente la blusita de vichy, la de las chorreras, y no tardo en apreciar (mejor no mirarla directamente porque me delataría) un creciente temblor en sus dedos tatuados. Como parece algo mareada (y sigue muda) la acompaño hasta la puerta.

—Hasta mañana, hija. Ahora mismo almuerzo y enseguida me meto en la cama.

Pero no lo hago. Espero a que tome el ascensor y corro al balcón para no perderme detalle. Mi plan, de momento, está saliendo a la perfección. Me sabe mal por la asistenta, con lo contenta que estaba con su hallazgo y lo triste que se puso luego, cuando la convencí de que yo misma —para evitarle el bochorno— me encargaría el domingo por la mañana de entregar el botín a la parroquia. Únicamente transigí en los zapatos de borla —después de todo ya los había deformado— y ella, roja como la grana, me lo agradeció efusivamente. (Con toda razón, porque son míos.)

La chica acaba de salir a la calle. Anda algo patosa —no sé si por las plataformas, el peso de las bolsas, o es que sigue mareada—. El contenedor de marras está dos calles más abajo. Si va hacia allí, fatal. Pero no, claro que no. ¡Cómo va a ir hacia allí! Con aires de so-

námbula cruza la calle. ¡Bravo! Una moto frena bruscamente. Ha ido de un pelo, pero ella ni se entera. Sigue impasible en dirección a su casa. Lo dicho: parece un zombi. Ahora se detiene en una esquina para
tomar aliento —o para meditar, ¡quién sabe!— y prosigue su camino tambaleante.

Jerónima —pobrecilla— está aterrada.)

—Cu cu —oye la vieja a sus espaldas—. ¿A que no
sabes quién soy?

Tarda sólo unos segundos en reaccionar. Se creía
en la cama, durmiendo. Pero no. Debe de estar tum-
bada o sentada en la butaca, y la oscuridad procede
únicamente de unas manos que le oprimen los ojos
y que ella recorre ahora con sus dedos.

—¡Teretorris! —dice. Y enseguida se hace la luz.

Teresa Torrente ha vuelto. ¡Qué cosas! Tantos años
sin verla y en menos de una semana aparece dos veces. Seguro que viene a por la banda.

—¿Cómo te encuentras, Emi?

No. No parece acordarse de la banda —lógico; tiene muchísimas—, y mejor así: ahora mismo no sabría
decir dónde la ha guardado. La mira de arriba abajo.
Va vestida de fiesta, con zapatos de medio tacón, y
empieza a girar sobre sí misma como si bailara o quisiera darle envidia con su vestido. La sala, de repente,
parece mucho más grande.

—Y hoy no he venido sola.

Corre las cortinas de la galería —¡qué curioso!, Emi hubiera jurado que hacía años que había suprimido las cortinas— y entran de sopetón, riendo como locas, las compañeras del colegio. Las más amigas. El grupo al completo. Menos mal que la sala es ahora enorme. De pronto lo recuerda. Claro. Hace unos meses hizo obras. Tiró tabiques y acristaló la terraza. ¡Qué buena idea!

—Esto sí que es una sorpresa —dice.

Beben Agua del Carmen y hablan sin hablar (porque lo saben todo). Loles es viuda, Laurita estudia en la universidad, Merche... Pero ¿no había muerto Merche?

—No, claro que no —dice muy tranquila Merche—. Aquello fue un bulo.

También ellas van vestidas de fiesta y todas sin excepción —incluso Teresa Torrente, no se había fijado— llevan colgada al cuello la medalla de Hija de María. Emi abre el cajón del aparador y coge la suya. Pero ¡qué raro! La cinta no es azul cielo como la de sus amigas, sino verde.

—No sirve —dice Teresa Torrente—. Es sólo de aspirante. Y fíjate, está casi borrada.

Es cierto. De tanto frotarla apenas se aprecia el relieve. Pero nadie más lo ha visto. Ahora las amigas la esconden dentro del escote, en la cintura, entre los pliegues del vestido. Casi había olvidado esa costumbre. En verano, lejos del colegio, siempre con la medallita puesta. La sujeta con un imperdible en la parte interior de un bolsillo. No se nota. A ninguna se le nota. Porque ya están en la fiesta y parecen salidas de las páginas de *Menaje* o de *Mujer* o de *La Moda Ilustrada*. Los camareros sirven ponche y tisana, y el jardín huele a verano, a los primeros días de verano. Emi aspira el olor olvidado. ¡Verano! Por primera vez en mucho tiempo se siente feliz. Y al fondo, apoyado en la pared de un cenador, acaba de descubrir a Rubén.

—¡Atrápalo! ¡Sé valiente! ¡Tal vez no tengas otra ocasión!

De nuevo Teretorris.

—Además... Tu medalla no sirve.

(Hoy no estoy para charlas. A la abogada —esa chica tan lista— le han dado un programa para ella sola. ¡Ya era hora! Se trata de una especie de consultorio. Ella lee unas cartas, o hace como que las lee; cartas que le preguntan sobre las cuestiones más raras del mundo. Seguro que ya lo trae preparado, pero aun así, ¡qué gusto da escucharla! Lo sabe todo.

—Sí —concede la asistenta—. Tiene mundología.

Preferiría estar a solas con la tele. Pero ¡qué remedio! Hoy, lunes, toca asistenta. Pues bien, aguantemos a la pobre asistenta. He conseguido, para entretenernos, un par de almohadones de punto de cruz. Una labor tirada. Pero la pobre no tiene ni idea. Sus dedos, gordos y amoratados, no hacen más que pasearse por

el bastidor sin decidirse a hundir la aguja. El almohadón tenía que ser blanco, pero, sospecho, terminará
siendo gris. Y no precisamente gris perla.

—Nunca hasta hoy había bordado —se excusa.

Le ruego silencio. La abogada acaba de leer por
encima una de las cartas y ahora, quitándose las gafas, nos mira muy resuelta.

—A veces uno se despierta bruscamente en la mitad de un sueño. En el momento más inoportuno.
El preciso instante en que algo maravilloso, o apa-
sionado, o deliciosamente erótico, va a ocurrir. No
culpemos al despertador ni a las obras de la casa de
al lado. Los únicos responsables de que *aquello* no llegue a realizarse somos nosotros mismos. La censura.
La au-to-cen-su-ra que habíamos dejado olvidada a
los pies de la cama, como unas zapatillas o un batín,
y que de pronto invade el mundo onírico haciendo
acto de presencia. «Aquí estoy yo», nos dice. Pero
como no puede con el embrujo de los sueños, acude
a su único medio al alcance. Interrumpirlos.

Vuelve a calarse las gafas y cabecea con compren-
sión.

—¿Frustrante? Quizás sí. Pero, por otra parte, nos
libera de algo aterrador. Enfrentarnos a un hecho que
moralmente no podemos aceptar.

La asistenta se pincha un dedo (porque no sabe
manejar la aguja) y yo también (pero por otros motivos). Ahora resulta que fui sólo yo, yo-mis-ma, quien
decidió que *aquello* no ocurriera nunca. Bien, pero
¿qué era exactamente aquello? Teretorris siempre se

156

me adelanta. Me lleva de sorpresa en sorpresa y no me deja pensar. Y luego, enseguida, aparece la espía. O la asistenta. O María y Magda al teléfono. Esta casa, en los últimos tiempos, parece el vestíbulo de un cine. Tendré que consultarla. A ella. Escribirle una carta. Por cierto, ¿cómo se llama? ¿Lisarda?

—Leandra —dice la mujer con su lanza en ristre—. Se llama Leandra Campos. Y las cartas se envían a Prado del Rey, Madrid.

Antes era más fácil. Cuando había varios invitados. Cada vez que uno tomaba la palabra —y Leandra lo hacía todo el rato— aparecía su nombre escrito en letras muy gordas. Ahora no. Un momentito al principio y otro al final. Así cualquiera se confunde.

—La última carta del día —dice Leandra—. «Soy una señora mayor y me siento muy sola...»

No me interesa. Para viejas me basto y me sobro. Sólo me faltaría más gente en casa. Por eso me pongo a cantar y sigo bordando. Pero a la «señora mayor» le pasan más cosas.

—«No consigo acordarme de casi nada. La memoria me falla. No en las cosas antiguas, sino en las de ahora. Ya no me acuerdo, por ejemplo, de lo que hice ayer...»

Ajá. Ahora sí entramos en materia. A ver qué se le ocurre a la abogada.

—Voy a proponerle dos soluciones. La primera, una libreta. Un cuaderno en el que apunte todo lo que no desea olvidar. Nombres, aniversarios, días de la semana, las cosas que debe hacer y las que ya ha hecho... Una especie de diario.

Lo mismo que hago yo. Sólo que hace días que no encuentro la libreta.

—Y la otra, la mejor. Acostumbrarse a emplear el sistema mnemotécnico.

Escribe «mnemotécnico» en un pizarrín (cosa que le agradezco) y yo lo copio sobre la caja de los hilos. Ya lo pasaré en limpio cuando aparezca el cuaderno. El nombre se las trae, pero la abogada lo explica muy sencillo. Se lo inventó una diosa antigua para acordarse de todo, y, en el fondo, se parece bastante a la «asociación de ideas». Pone algunos ejemplos y yo me invento otros. «Leandra Campos, Prado del Rey, Madrid.» Pues bien: ¡ladrona! (espero que no se lo tome a mal). Una ladrona del campo que va a la ciudad (Madrid) a robarle al rey mientras cabalga por su prado. De ladrona a Leandra no hay más que un paso —Ldrrr—, y si vuelve a aparecer Lisarda la elimino.

—¡Ladrona! —digo en voz alta para no olvidarme.

La zafia ha vuelto a clavarse la aguja (a este paso terminaremos en urgencias). Miro el almohadón. ¡Vaya birria! Gris subido y encima, ahora, salpicado de motitas rojas. Pero, como estoy de buenas, disimulo.)

No sabe cómo ha podido ocurrir. De nuevo es verano, se encuentra en un jardín y la fiesta no ha hecho más que empezar. Rubén sigue al fondo, junto al cenador, y Teresa Torrente no se ha movido de su lado. Sin embargo, hay algo que no acaba de entender.

—¿Cuántos años tenemos, Teretorris?

La amiga se encoge de hombros.

—Dieciséis, quince... Los que tú quieras.

—¿Y dónde estamos?

—En el jardín de Loles. ¡Dónde va a ser!

—Claro —dice Emi.

Y es verdad. De repente lo ve todo muy claro. Los padres de Loles —que todavía no es viuda porque aún va al colegio— las han invitado a la puesta de largo de la hija mayor, la amiga de sus hermanas. Por eso visten de fiesta y por eso Emi, para la ocasión, se ha rizado el pelo en la peluquería. Se encuentra guapa. Aparenta, por lo menos, un par de años más. ¡Qué suerte! Porque ahora le parece que Rubén, desde el cenador, la mira sonriendo.

—¡Hoy o nunca! —ordena Teresa Torrente.

En las manos lleva arrugada una cinta azul celeste que Emi reconoce al instante. Pero ¿qué está haciendo? La entierra en una maceta y disimula.

—Pschit —dice—. Cuidadito.

Y con los ojos señala hacia una sotana. El cura del colegio, enfrascado en la lectura de un breviario, acaba de pasar muy cerca de las dos. Teresa Torrente aguarda unos segundos, respira aliviada, mira al cenador y vuelve al ataque.

—Lo malo de tu historia es que no tiene historia. ¿No le envió tu hermana a freír espárragos? ¡Eres libre!

Emi va a protestar. A decirle a su amiga que siempre se adelanta. Que va demasiado aprisa, y que eso —lo de las calabazas de su hermana a Rubén— todavía no puede haber ocurrido. De la misma forma que Loles aún no es viuda ni Merche ha muerto. Pero ya Teretorris se ha ocultado tras un seto y besa ahora apasionadamente a un muchacho. ¿De dónde ha salido el muchacho? Emi busca desconcertada a las demás amigas. También ellas han enterrado sus medallas en macetas y, riendo, se han refugiado en la oscuridad. ¿Y Rubén? ¿Adónde ha ido Rubén?

—Aquí —oye a sus espaldas.

Rubén está a su lado. Huele a verano. Rubén es el verano. Y ella siente el cosquilleo de muchos veranos.

—Vayamos donde ellos —dice con su dulce acento, mirando hacia el seto.

¡La ocasión tantas veces esperada! *Aquello*. Rubén está a su lado, acaba de tomarla de la mano y le repite «Vamos». Emi recuerda que su medalla es sólo de aspirante, que no sirve, que no tiene por qué enterrarla en una maceta como sus amigas. A punto está de ceder, pero se detiene. ¿Qué es lo que desea realmente? De nuevo hay algo que no cuadra. Ella sabe lo que Teresa sabe (que su hermana mayor, la guapa, terminará dándole calabazas), pero él, Rubén, por lo visto, también lo sabe. ¡Cómo si no perdería el tiempo con una mocosa, en vez de hacerle la corte a su hermana! Así no. Así no vale.

—Pídemelo de rodillas —dice orgullosa.

Rubén obedece. Y ella ahora comprende perfectamente lo que debe hacer. *Aquello*.

–Lo siento. Nunca cruzaría el charco.

Y, súbitamente inspirada, añade:

–Y menos con un hombre que se pone de rodillas.

Suspira feliz. Su historia ya tiene historia.

(La asistenta lleva hoy los dedos cubiertos con esparadrapos. De vez en cuando mira con envidia la blancura de mi almohadón y yo, para no ofenderla, evito detenerme en el suyo. Pero sé lo que piensa; lo veo como si estuviera escrito. «Unas tanto y otras tan poco.» Se refiere a nuestras labores, desde luego, pero sobre todo a la forma diferente como nos ha tratado la vida. A pesar de todo no es rencorosa. Disfruta con mis recuerdos como si fueran suyos, y la verdad es que no me extraña. Hoy se lo he contado todo muy bien (lo tenía fresco). Por eso no para de comentar y se resiste a cambiar de tema.

–Fue usted muy valiente, doña Emilia. Hace falta coraje para rechazar un partido como aquél.

Eso es lo que dice, pero piensa: «¿Y qué diferencia hay entre un millonario de pie y otro de rodillas?». Lo lleva escrito en la frente –ahora en redondilla–, y también: «Seguro que se arrepentiría después, cuando ya era tarde».

—¿Y no se arrepintió nunca? —pregunta como si se le acabara de ocurrir.

—Jamás —respondo—. Me gusta vivir sola. Aquí, en mi casita. Con mis recuerdos...

La buena mujer se queda meditando y yo me levanto con la excusa de que hace rato que no oigo cantar al canario. Sé que he soltado una frase un tanto liada. «Contradictoria», que diría la abogada. Porque, veamos, si no me arrepiento de haberle dado calabazas a Rubén y estoy encantada de vivir sola, no acabo de entender del todo que lo bueno de vivir sola sea, precisamente, poder recordar a Rubén.

—¡Qué vida la suya, doña Emilia! —suspira admirada la asistenta.

Y ya no dice más. Es la hora de Ldrrrrrr... ¡Leandra! El sistema mnemotécnico funciona de maravilla. Ahí está la ladrona, el rey burlado, el caballo al trote... Y ni sombra de Lisarda. «Leandra Campos. Prado del Rey. Madrid.» Un día de éstos me animo y le escribo. «Querida Leandra.»

—Queridas amigas —dice ahora Leandra.)

Suena el teléfono. Es María.

—Hola, tía. ¿Cómo estás?

—Divinamente —dice la vieja—. ¿Por qué? ¿Pasa algo?

No son ni las diez de la mañana.

162

—¿Has dormido bien? —pregunta María con voz preocupada.

—Muy bien. Pero poco.

La vieja mira con recelo el auricular. Algo raro pasa, seguro. Pero ella, por si acaso, se la ha clavado. «Poco», ha dicho. Lo que es muy parecido a soltar: «Y menos dormiré si te empeñas en llamarme a estas horas».

—Jesusica no viene hasta las once —añade para dejar las cosas claras de una vez.

Hasta las once es como si ella no existiera, salvo que ocurra algo muy importante.

—Nada importante —dice María (entonces, ¿por qué la molesta?)—. Pero es que me ha llamado una de tus vecinas...

La vieja frunce el ceño. ¿Una vecina? Sí, hace tiempo tuvo la ocurrencia de dar los teléfonos de la familia a un par de vecinas. Por si le pasaba algo. Pero esto fue antes de estar tan acompañada. Y ahora, ¿qué quería la vecina?

—Dice que por las noches no paras de mover muebles, abrir y cerrar armarios, pasear... Que no pueden pegar ojo, vaya.

¿Serán mentirosas? La vieja sigue con el ceño fruncido.

—Mira, tía, si alguna noche no puedes dormir, te lo tomas con calma. Paciencia...

¿Ha dicho paciencia? La tía aparta el auricular. Ahí está otra vez. La palabra fatal. «Re-si-den-cia.»

—O le pedimos al médico que te recete alguna pastilla...

—No la necesito. Duermo como una niña de quince años —responde orgullosa.

—La vecina dice también que te has pasado la noche cantando himnos. A grito pelado.

Pero ¿se habrá vuelto loca la vecina?

—Ja —dice resuelta la vieja—, la tendrían que internar en una...

No llega a acabar la frase. Se para en seco. Un poco más y se le escapa la palabra maldita. Pero a lo mejor, quién sabe, María no se ha percatado. Por si las moscas, toma aliento y prosigue:

—Nunca me han gustado los himnos ni me acuerdo de la letra de ninguno. Sólo la del colegio. La del himno del colegio.

Lo ha dicho para defenderse, pero enseguida cae en la cuenta de que acaba de cometer un desliz. Sí, recuerda perfectamente la letra —palabra por palabra— del himno del colegio. Y es posible, aunque no seguro, que una de las noches en que la han visitado sus amigas se empeñaran en evocar viejos tiempos y lo cantaran a coro. Pero, más a su favor: hace ya unas semanas que no aparecen sus amigas.

—Te repito que por las noches duermo. Y además hace ya mucho que no viene a verme Teretorris.

—¿Quién?

—Teresa Torrente. Y Merche, Laurita, Loles... Las amigas del colegio. Amigas que tienen la delicadeza de visitarme...

A punto está de añadir: «No como otras», pero se detiene a tiempo. Como respuesta estaría bien. Sólo como respuesta. Pero lo que menos desea es que aparezcan Magda o María. Y esta conversación hace ya rato que le está cansando.

—Y estas amigas tuyas... —María, de pronto, parece dudar— ¿te visitan por las noches?

El reloj marca ahora las diez en punto. La vieja aprieta los dientes. Siempre igual. Siempre la pillan desprevenida. ¿No podía haber esperado hasta las once para interrogarla? Porque esta llamada no es más que eso: un interrogatorio. Ni siquiera lo de la vecina debe de ser verdad. María pretende acorralarla, pescarla en un error... ¿Qué haría Leandra en su lugar?

—Querida María —responde pausadamente, con voz de locutora—. Permíteme decirte que, a veces, pareces tonta. Deberías saber, como saben tu hermana y tus primos, que para mí la *noche* —y se toma la molestia de subrayar *noche*— empieza en cuanto se va el sol. Y en invierno oscurece muy pronto. A las seis de la tarde ya es *de noche*.

Le ha salido redondo. Casi como el día que le dio calabazas a Rubén. María dice «Ah» y otras cosas que la vieja no se molesta en retener. Al colgar respira hondo. La sobrina, en cambio, se ha quedado intranquila. Después de todo, ¿qué sabe de la vecina? Tenía voz de joven y se expresaba con toda corrección. Pero ¿y si fuera ella la que sufre de insomnio? ¿Y si le faltara un tornillo? Duda en volver a llamar a tía Emilia. ¡Pobre mujer! O se le ha desarrollado un ingenio súbito o ha tenido más paciencia que un san-

to. Decir que mueve muebles y canta por las noches... Tiene que estar furiosa. Pero teme incomodar-
la y no se decide a llamar. Hace bien. Ahora la vieja
acaba de sacar el paño negro de la jaula, mira al canario —*Pshit, piu, piu, piu, pshit, pshit...*— y le dice en
secreto:

—Si vuelven a molestar nos haremos los muertos.

(Aquel traje tan mono —el conjunto de la tienda
de enfrente— ya no está en el escaparate. ¿Buena señal? No estoy muy segura. Miro a Jesusica de reojo,
pero ella, que mucho gusto no tiene, se ha quedado
embobada ante una birria de suéter, de esos que parecen encogidos antes de la primera lavada. Como
veo que nos podemos pasar allí, como tontas, media
mañana, decido ir directamente al grano.

—Aquel vestido tan mono, el vestido azul marino
con su chaqueta ribeteada a juego... ¿Te acuerdas?

Jesusica sale de su encantamiento y dice: «Sí».
Pero no sé si lo hace para seguirme la corriente.

—¡Lo han vendido!

Nada. Ni media sonrisa cómplice (que me daría a
entender que ha cumplido su cometido de correveidile)
ni la más leve expresión de susto (que indicaría a las
claras que se le ha olvidado).

—A lo mejor dentro tienen más... —responde simplemente.

Pienso, para consolarme, que tal vez los chicos quieran darme la gran sorpresa y le han pedido que no suelte prenda. Pero no acabo de convencerme. A ratos Jesusica me pone nerviosa. La asistenta, en cambio, me parece mucho más lista. Entiende las cosas. Y tiene sentido común. Me gustaría que ya fueran las cuatro y estuviéramos frente al televisor escuchando a Leandra. «Todos, en la vida, necesitamos contar con un interlocutor válido», dijo el otro día. Se refería a que no basta con hablar con alguien de vez en cuando o con tener un perro o un canario. Lo importante es que «se produzca un intercambio» y que este intercambio resulte «enriquecedor». Y la asistenta, la verdad, a pesar de sus limitaciones —y después de Teretorris— es un buen «interlocutor». A veces dice cosas que yo ya he pensado, pero que, al oírselas a ella, es como si se me acabasen de ocurrir. La semana pasada, sin ir más lejos, estuvo estupenda. Una telespectadora había escrito una carta muy triste hablando de ese asunto que me saca de quicio —y que hoy me ha recordado la pesada de María—, y yo hice como que no me interesaba y me puse a tatarear una canción inventada. Pero aquella pobre señora contaba horrores. De su familia, de las cuidadoras, de las compañeras con las que compartía dormitorio en una —digámoslo ya— re-si-den-cia... Y alguna cara rara debí de poner porque la asistenta dejó su labor —que ahora es ya un auténtico pingo—, suspiró abatida un par de veces y meneando la cabeza murmuró: «Cuando no hay posibles...». Parecía también muy triste, pero yo, casi enseguida, me puse muy contenta. Porque yo tengo «posibles». Mi piso (por ejemplo), del que nadie me va a sacar. Con lo cual dejé de cantar y me quedé tranquila. Y no le hubiera dado más vueltas al asunto si no fuera por la llamada intempestiva de esta mañana.

—Volvamos a casa —digo de pronto—. Empiezo a tener frío.

No es verdad. Hace un día de lo más soleado, pero a Jesusica —que no es interlocutora ni tampoco válida— le da igual y responde únicamente:

—Como quiera.)

El piso, de vuelta del paseo, le parece a la vieja más bonito que nunca. Acaricia el sofá, alisa el tapete de la mesita, abre la puerta del dormitorio y mira a hurtadillas a Jessica. La chica está pendiente del reloj.

—Tengo que irme —dice—. Ya es la hora.

—Claro, Jesusica. Mañana ven pronto. Me acompañarás al notario.

No parece que la chica sepa muy bien lo que es un notario. Ni para qué sirve.

—El notario —aclara la vieja— sirve para hacer testamento. Cuando les cuentes a mis sobrinos que me encantaría aquel vestidito tan mono puedes añadir: «El otro día hizo testamento».

Jessica intenta recordar. ¿A qué vestido se refiere? ¿Y por qué quiere que hable a sus sobrinos de un testamento?

—El vestido sería una buena sorpresa. Azul marino, con la chaqueta ribeteada de blanco. Aquel que estaba en el escaparate y ya no está... Es importante. Que no se te olvide. Porque...

A la vieja se le ha puesto cara de misterio.

—Te conviene, Jesusica, te conviene...

Ahora parece una niña traviesa.

—De lo demás, ni palabra. Que he hecho testamento, bien. Pero, claro, los testamentos son secretos. Muy secretos.

La chica asiente y de nuevo mira el reloj. Hoy almorzará en una pizzería con una amiga. Le han hablado de un posible trabajo en el que todavía hay menos trabajo. Y serían dos. Ella y su amiga. Quizás acepte. Está empezando a aburrirse de la vieja.

—En las herencias nunca se sabe —prosigue doña Emilia sin abandonar su aire de misterio— y más de uno termina quedándose con un palmo de narices. Otros, en cambio, otros que ni siquiera son de la familia... Pero no quiero hablar. Los testamentos son secretos... ¿No te lo había dicho, Jesusica?

Jessica no contesta, pero una chispa se ha encendido en sus pupilas y se pone a estudiar el saloncito con la mirada de un tasador. Luego se queda embobada, como si soñara despierta. «El dormitorio en el salón y el salón en el dormitorio»... «La mesita de noche la conservo»... «El sofá y los si-

169

llones me valen»... «Las fotos y los cuadros a la basura.»

—Los retratos de familia para la familia —interrumpe la vieja.

Doña Emilia ha vuelto a su habilidad de adivinar pensamientos. Pero a la chica eso ahora no le importa. Ha estado a punto de estropearlo todo. ¡Mira que si se le llega a escapar lo del nuevo trabajo! Coge el abrigo y se despide hasta el día siguiente. Al cerrar la puerta y llamar al ascensor no puede contenerse. Salta, grita «¡Yuhuuu!», se tapa la boca y termina golpeando el aire con los puños. La vieja la contempla sonriendo a través de la mirilla.

—Esta Jerónima, vista desde aquí, parece enana.

(Los notarios de ahora no se parecen en nada a los de antes. Como las artistas de cine, igual. El que he elegido —así, un poco a boleo, porque vive cerca y no estoy para viajes— no infunde respeto, ni autoridad, ni nada por el estilo. Es un niñato. Al llegar, un señor muy trajeado, que yo he tomado por el verdadero notario, me ha llevado al despacho del niño, que yo he tomado por eso, por el niño, el hijo del notario, que a ratos le da por sentarse en el sillón de su padre y jugar a ser notario. Al verme se ha levantado muy correcto, ha rodeado la mesa y me ha indicado que tomara asiento. «¡Qué bien lo haces, guapo!», he estado en un tris de soltarle. «¡Y qué serio te pones!» Pero no lo he hecho. Hoy el día ha amanecido gris y desangelado, y yo no puedo con los días grises y desangelados. Me ponen de malhumor y no me expreso todo lo bien que desearía. De modo que me he limitado a sentarme y a esperar que el verdadero notario sacara de un empujón a su hijo del despacho. Pero el señor trajeado nos ha dejado solos, y el chico venga a jugar y a darse importancia. Hasta que ha entrado un segundo señor, que también parecía notario, y muy respetuoso le ha dado al niñato unos papeles y le ha llamado «señor notario». Ahí sí que me he quedado confundida. Pero he disimulado. Eso, los días grises, lo hago muy bien. Cuanto menos se habla, mejor.

—Así que —ha dicho el niñato— quiere usted otorgar testamento.

Y entonces sí, entonces me he puesto a hablar. Le he hablado de mis posibles: el piso, unos ahorros y algún que otro objeto de valor. Y he decidido empezar por lo pequeño: la asistenta. A mi querida asistenta, con la que tan buenos ratos me paso charlando, le dejo mi vestuario al completo (zapatos, bolsos y cinturones incluidos), el canario (si vive aún) para que lo cuide, y la tetera, las cucharillas de plata y la medalla de aspirante a Hija de María. Como recuerdo. Los pendientes de fantasía no. Ésos serán para los hijos de mis sobrinas que son muy modernos.

—¿Los hijos? —pregunta el notario.

Eso es, los hijos. Y doy sus nombres. Que se los repartan. Pero como parece que el notario no lo ha entendido del todo le explico:

—Pobres chicos. Si los viera... Con un solo aro en la oreja cada uno. Como si fueran pobres...

Y ahora viene la parte importante. Los ahorros y el piso. Pido un vaso de agua porque lo que tengo que decir es un poco difícil. El moscardón. Y cada vez que hablo del moscardón termino liándome. Pero el agua me aclara la garganta y de paso las ideas.

—Los ahorros que tengo en el banco serán para mis sobrinos —voy a añadir «lo que quede», pero no me parece necesario—. Para mis cuatro sobrinos. Magda, María, Pedro y Damián. Con una condición. Que se encarguen de poner una lápida a mi nicho. Una lápida sencilla, discreta, no hace falta que sea muy cara... Una lápida con mi nombre, una cruz... y un moscardón. Una cruz sencilla en la que, como por casualidad, se ha posado un moscardón.

Bebo más agua. Lo he soltado todo de un tirón, a pesar del día gris, o será quizás que, desde hace un rato, ya no me parece tan gris. El momento es emocionante.

—Una cruz —repite el notario— con un moscardón.

—A ser posible de oro —añado.

Y como ahora levanta los ojos del papel me veo obligada a aclarar:

—El moscardón. Me refiero al moscardón.

Me mira sorprendido y yo pienso: «Otra vez, lo de siempre». ¿Tendré que explicarle lo que es un moscardón? ¿Tendré que imitar su zumbido o recordarle que se trata de aquel bichito tan simpático que en verano se mete en las casas y da vueltas por el techo, las ventanas o la pantalla de la televisión? ¿De que yo —por las razones que sean y que ahora no vienen al caso— siento hacia él cariño y agradecimiento? Y por un momento se me ocurre hablarle del Anticristo. Si le contara... Pero no, me paro en seco. Ni nombrarlo siquiera. El otro día, en la radio, lo dejaron muy mal (lo pusieron verde) y no quiero que me tomen por una hereje y me entierren fuera del camposanto.

—Una cruz lisa y lasa con un moscardón de oro —me limito a recordar.

—¿Está usted segura?

Pero ahora entiendo que los tiros —la sorpresa— iban por otro lado. Que el notario, pese a su aspecto de mequetrefe, tiene sentido común (como la asistenta) y (mejor aún que ella) piensa en detalles en los que a mí no se me había ocurrido pensar.

—Si me permite... Yo no sería partidario de colocar un objeto de oro, de valor, digamos, por pequeño que fuera, allí, en una lápida, a la vista de todos... Los cementerios, como usted sabrá, no están exentos de visitas de desaprensivos, de merodeadores... ¿Por qué darles facilidades?

Tiene razón. Más razón que un santo. Sólo se equivoca en eso de «por pequeño que sea». Porque el moscardón tiene que ser grande. No diré mayor que la cruz, pero sí grande. El notario-crío sigue diciendo cosas como «Sería ponérselo en bandeja» y yo pienso en otras, cosas terribles que a veces oigo por televisión, y de las que, tonta de mí, he estado a punto de olvidarme. Esos desaprensivos, sí, que incluso llegan a profanar tumbas para hacerse con cualquier cosa. Con un anillo, una medalla...

—¡De latón! —digo.

Y me quedo la mar de contenta. El latón no tiene valor, pero es muy bonito y, además, se limpia estupendamente. Ya me parece verlo. Un moscardón negro con unas alas relucientes (de latón) y la asistenta, emocionada, sacándole brillo con lágrimas en los ojos. Pero de la asistenta ya hemos hablado. Ahora a lo importante: el piso.

—¿Se encuentra bien?

Claro que me encuentro bien. Divinamente. Sólo que a veces (ahora, por ejemplo) el sistema mnemotécnico no acaba de funcionar. Voy a decírselo: «sistema mnemotécnico», pero, como es tan joven, lo mismo no me entiende y prefiero explicar:

—Estoy haciendo memoria.

Cierro los ojos —eso es lo que necesitaba, concentración— y enseguida se me aparece lo que quería recordar. Casi todo. Empiezo por el final: Madrid. Sigo con el nombre de mi heredera: Lisarda Reyes. Y de pronto una duda. Sin número, sí, pero... ¿cómo era la calle? ¿Prado del campo? ¿Campo del Prado?

—¡Camprodón! —suelto al fin.

Todo arreglado. «Lisarda Reyes. C/ Camprodón s/n. Madrid.» ¡Qué contenta se pondrá la abogada!

—Lisarda Reyes —repite el notario—. Calle Camprodón sin número...

—Eso es —digo.

Pero de repente me parece que queda un cabo suelto. «¡Ladrona!», me oigo decir con el pensamiento. ¿Y qué tendrá que ver una ladrona con Lisarda? «Ladrona, ladrona, ladrona...» Vuelvo a cerrar los ojos. ¡Ya lo tengo! La ladrona es la sinvergüenza que se quería hacer con mi moscardón. La merodeadora desaprensiva que gracias a la inteligencia del notario se va a quedar con un palmo de narices.

—¡Te fastidias, ladrona! —digo sin hablar, sólo con el pensamiento.

Y me dispongo a firmar. Pero en ese mismo instante entra una secretaria con una botella de agua y a través de la puerta entreabierta veo a la espía en la sala de espera, sentada en el extremo de un sofá, tiesa como un palo. ¡Pobre chica! Mira que si llego a olvidarme de ella... Al cabo de media hora vuelvo a estar en la calle. El cielo se ha puesto negro. Lloverá. Jesusica, como si acabara de pasar un examen, me pregunta bajito:

—¿Qué tal ha ido todo?

Me encojo de hombros.

—Ya te enterarás, hija. En su día...

Parece emocionada. Ahora estoy segura de que no se le escapará el detalle del conjunto y llamará a Magda o a María. Si no lo ha hecho ya. Con lo cual, a la larga, saldrá ganando la asistenta. Entre mi vestuario figurará el trajecito azul marino con el ribete blanco.

—¿Quiere que le haga compañía esta tarde?

Niego con la cabeza. Hoy, más que nunca, necesito estar sola. Me apoyo en su brazo y nos encaminamos en silencio hacia mi casa. Ella va pensando en sus cosas. Yo en las mías. La miro de reojo y, como a veces adivino, la veo tirar tabiques, poner moquetas y tapizar sillones. No tiene mucho gusto que digamos. Pero la dejo hacer. ¡Que juegue a arquitecta si le divierte! En su día ya se enterará y seguro que me lo agradece. Porque mi legado —se dice así— es, además de un legado, algo parecido a una lección de vida. Dos objetos de artesanía. Uno valioso. El otro no. Mi cojín de punto de cruz (ejemplo de lo que hay que hacer) y el pingo que bordó la pobre asistenta (ejemplo de todo lo contrario).

—¡Huy! —dice la inocente.

Seguro que enfrascada en sus chapuzas acaba de pincharse con un clavo. Sigo en mi silencio (el clavo, después de todo, es de mentira, tan de mentira como las reformas a las que se ha entregado esta pobre ilusa) y sólo lo interrumpo cuando, por fin, entramos en mi calle.

—¡Qué ganas tengo de llegar a casa!)

La vieja cierra la puerta con llave. Respira hondo. Saca del bolso la copia del testamento y la esconde en el cajón secreto de un escritorio. Piensa: «Secreto.

El testamento es secreto, por lo cual el secretario (yo misma) lo guarda en el cajón secreto del secreter». Le ha gustado mucho la lectura que, con voz pausada, ha hecho el notario antes de la firma. Sobre todo la descripción de la lápida con la cruz y el moscardón. ¡Qué buena idea! ¡Y qué tranquila y descansada se siente! «Ser agradecido es de bien nacido», murmura. Y se queda embobada mirando los cristales de la galería. Ha empezado a llover, pero él, el bichito, el simpático moscardón al que tanto debe, entró por esta misma ventana una mañana de sol. Y desde entonces nada sería ya lo mismo. Él entró, ella lo reconoció enseguida, al momento recordó a Teresa Torrente y después... ¡el grupo al completo! Loles. Merche, Laurita... ¡Qué aburrida vivía antes de que la visitaran sus amigas! Y Teretorris, sabia como siempre, la llevó a la fiesta en la que estaba Rubén...

En la cocina le espera el almuerzo dispuesto sobre un fogón, listo para ser recalentado. Pero no tiene hambre ni sed. Se sirve una copita de Agua del Carmen y brinda ante un espejo. «¡¡Por mí!!» La tarde se le presenta como un premio (a su generosidad, a haberse comportado como un Rey Mago). Hoy no toca asistenta —¡día libre!— y doña Emilia necesita meditar, aclarar ideas, atar cabos y olvidarse del sistema mnemotécnico que ahora, para llegar a lo que quiere llegar, no le sería de ninguna ayuda. Se sienta en la galería y entorna los ojos. La fiesta de Loles, la puesta de largo de la hermana mayor de Loles, los jardines de los padres de Loles... Se recuerda perfectamente, con el vestido vaporoso, un poco de niña, y el peinado de peluquería que le hace mayor, tan sólo un par de años, lo suficiente para que Rubén no le quite los ojos de encima... Y ahí están también las amigas, escondiendo sus medallas en la tierra de las macetas. Y Teretorris, animándole a dar el paso. «Tu historia no tiene historia. ¿No le mandó tu hermana a freír espárragos...?» Abre los ojos. Esa frase —la de las calabazas de su hermana— no le gusta. Ya no le gustó ni pizca el otro día con lo bien que se lo estaba pasando. Teretorris la soltó —izas!, como un dardo—, seguramente sin mala intención, pero le aguó la fiesta. Aunque (ya entonces se dio cuenta) era una frase absurda. ¿Cómo contar con lo que ocurrirá después si todavía no ha ocurrido?

El canario se pone a cantar y la vieja lo mira sonriendo. «Cada cosa a su tiempo», dice con voz enigmática. «A su tiempo.» De pronto le parece entenderlo todo. ¿Cómo ha podido ser tan estúpida? Y se siente capaz de poner orden al galimatías de imágenes y enmendar a Teretorris que el otro día se pasó de lista. Porque su hermana mandó a Rubén a «freír espárragos», cierto. Pero en la fiesta nada de todo esto había ocurrido aún. Rubén la pretendía... a ella. Con su traje vaporoso y sus rizos de peluquería. Sí, Rubén sólo tenía ojos para ella, la pequeña (ahí está la razón del desaire de su hermana, años después, rencorosa y resentida, incapaz de dominar su orgullo). Ahora lo ve con claridad. La primera, en la lista de preferencias, es ella, Emi. Y antes de que Emi le rechace (porque eso está comprobado: que Emi terminará rechazándole y obligándole a ponerse de rodillas) bien podría haber sucedido un montón de cosas. Ahí están. Las cosas. En su tiempo. *Aquello*...

Quiere volver a la fiesta. Necesita regresar al jardín de las tisanas y los ponches. Pero hoy no acudirá a la mediación de Teretorris. Dice «Rubén, Rubén, Rubén, Rubén...». Cuando cae agotada, a punto de dormirse, oye su voz.

—Aquí estoy, Emi. Siempre a tu lado.

Pero Rubén no está a su lado sino al fondo de un corredor oscuro. Primero se sorprende. Luego recuerda que es de noche. Es su primera fiesta de noche.

—Ven —dice Rubén—. No tengas miedo.

La noche de hoy no se parece a las otras noches. No sabe por qué. Pero es distinta. Anda ligera por el pasadizo oscuro, como si se hubiera desprendido del cuerpo, como si lo hubiera abandonado en cualquier sillón de la galería. Y, mientras avanza sin sentir sus piernas y se acerca al punto de luz donde está Rubén, se da cuenta de que sobre el trajecito vaporoso recién planchado se ha puesto la chaqueta azul marino con el ribete blanco. Le gusta, sí. Pero no le cuadra. En *su tiempo* la chaqueta ribeteada no existía.

—Ven —repite Rubén—. Te estoy esperando.

La vieja se detiene. Frunce el ceño. «Esperando...», murmura. «Esperando...» Toda la vida se le aparece de pronto como una interminable sala de espera. Se ajusta la chaqueta, retoca su peinado... ¿Para qué correr? Piensa: «Hazte valer, Emilia. Hazte valer»... Pero sólo dice:

—¡Ja!

Y reemprende el paso. Despacio. Muy despacio. No tiene prisa. Sabe que ya nadie se atreverá a interrumpir su sueño. El verano no ha hecho más que empezar. Y la noche, esta vez, no acabará nunca.